徳間文庫

禁裏付雅帳八

混沌

上田秀人

徳間書店

目次

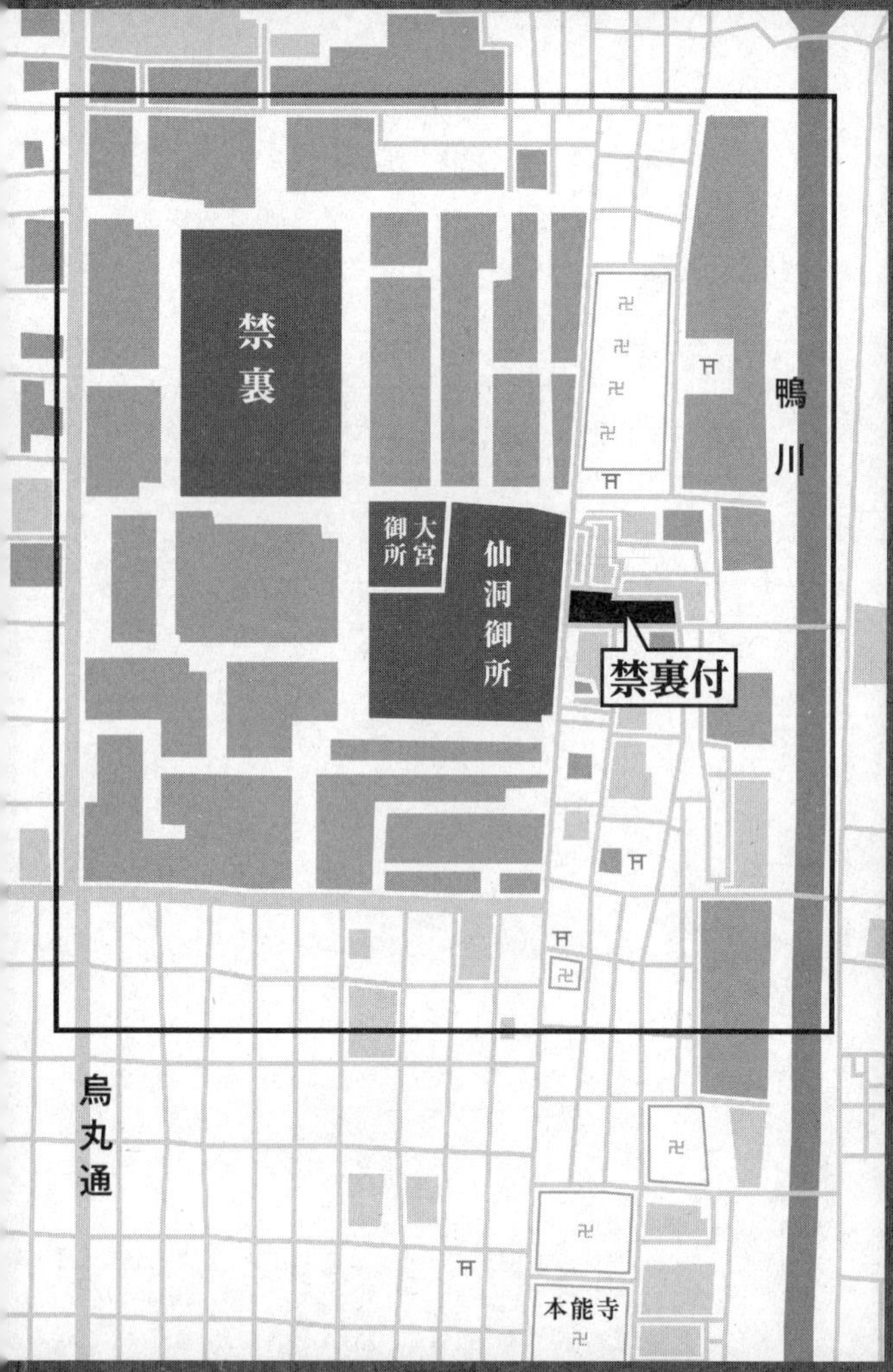
禁裏
大宮御所
仙洞御所
禁裏付
鴨川
烏丸通
本能寺

天明　洛中地図

天明　禁裏近郊図

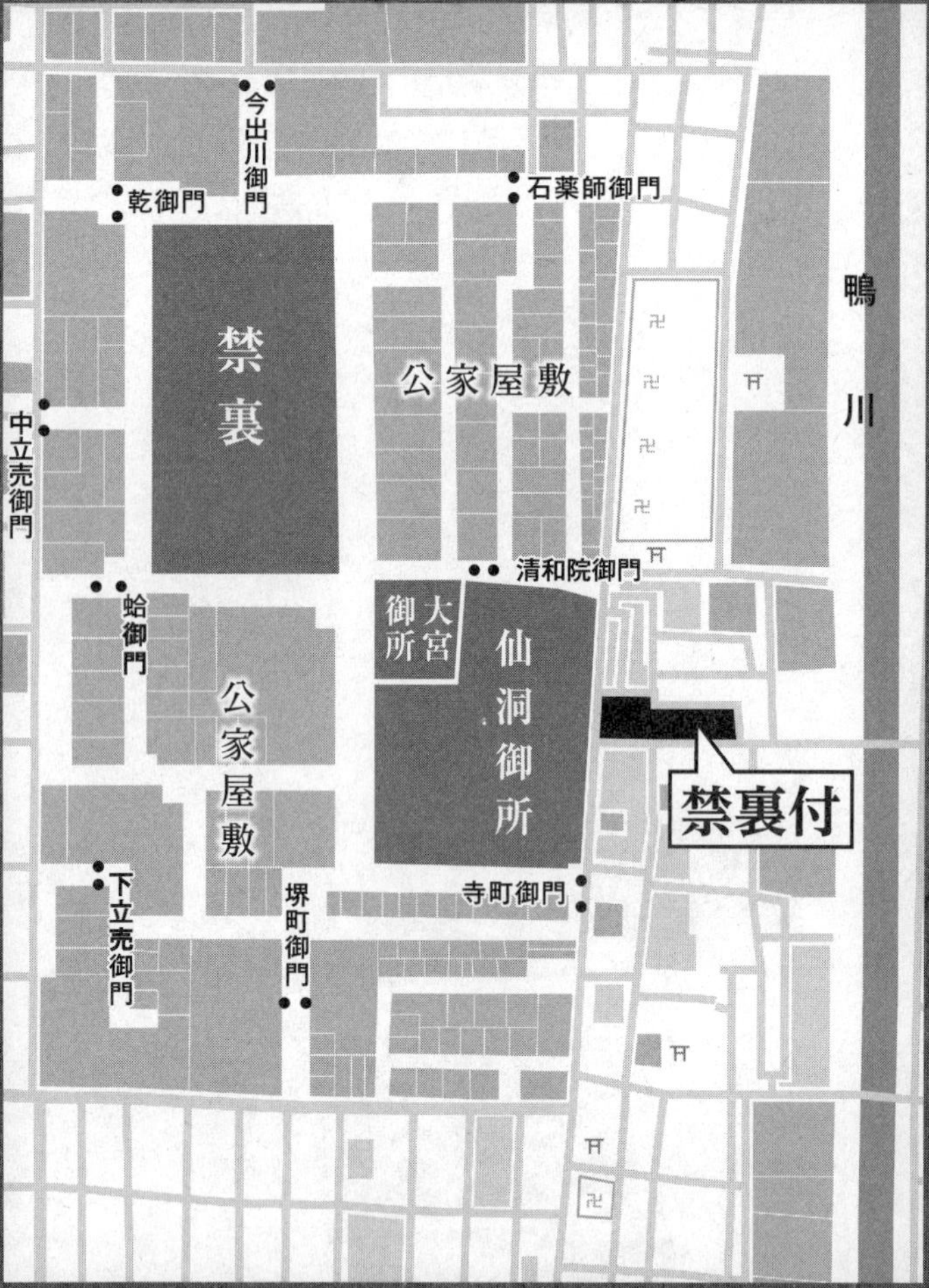

今出川御門
乾御門
石薬師御門
禁裏
公家屋敷
鴨川
中立売御門
清和院御門
蛤御門
大宮御所
仙洞御所
公家屋敷
禁裏付
下立売御門
堺町御門
寺町御門

禁裏（きんり）

天皇常住の所。皇居、皇宮、宮中、御所などともいう。十一代将軍家斉《いえなり》の時代では、百十九代光格《こうかく》天皇、百二十代仁孝《にんこう》天皇が居住した。周囲には公家屋敷が立ち並ぶ。「禁裏」とは、みだりにその裡に入ることを禁ずるの意から。

禁裏付（きんりづき）

禁裏御所の警衛や、公家衆の素行を調査、監察する江戸幕府の役職。老中の支配を受け、禁裏そばの役屋敷に居住。定員二名。禁裏に毎日参内して用部屋に詰め、職務に当たった。禁裏で異変があれば所司代に報告し、また公家衆の行状を監督する責任を持つ。朝廷内部で起こった事件の捜査も重要な務めであった。

京都所司代（きょうとしょしだい）

江戸幕府が京都に設けた出向機関の長官であり、京都および西国支配の中枢となる重職。定員一名。朝廷、公家、寺社に関する庶務、京都および西国諸国の司法、民政の担当を務めた。また辞任後は老中、西丸老中に昇格するのが通例であった。

主な登場人物

東城鷹矢《とうじょうたかや》　五百石の東城家当主。松平定信から直々に禁裏付を任じられる。
温子《あつこ》　下級公家である南條蔵人の次女。
徳川家斉《とくがわいえなり》　徳川幕府第十一代将軍。実父・治済の大御所称号勅許を求める。
一橋治済《ひとつばしはるさだ》　将軍家斉の父。御三卿のひとつである一橋徳川家の当主。
松平定信《まつだいらさだのぶ》　老中首座。越中守。幕閣で圧倒的権力を誇り、実質的に政《まつりごと》を司る。
安藤信成《あんどうのぶなり》　若年寄。対馬守。松平定信の股肱《ここう》の臣。鷹矢の直属上司でもある。
弓江《ゆみえ》　安藤信成の配下・布施孫左衛門の娘。
戸田忠寛《とだただとお》　京都所司代。因幡守。
霜月織部《しもつきおりべ》　徒目付《かちめつけ》。定信の配下で、鷹矢と行動をともにする。
津川一旗《つがわいっき》　徒目付。定信の配下で、鷹矢と行動をともにする。
光格天皇《こうかくてんのう》　今上帝。第百十九代。実父・閑院宮典仁親王への太上天皇号を求める。
土岐《とき》　駆仕丁。元閑院宮家仕丁。光格天皇の子供時代から仕える。
近衛経熙《このえつねひろ》　右大臣。五摂家のひとつである近衛家の当主。徳川家と親密な関係にある。
二条治孝《にじょうはるたか》　大納言。五摂家のひとつである二条家の当主。妻は水戸徳川家の嘉姫《よしひめ》。
広橋前基《ひろはしさきもと》　中納言。武家伝奏《ぶけてんそう》の家柄でもある広橋家の当主。

第一章　帝の耳

一

御所《ごしょ》仕丁《しちょう》の一人として、土岐《とき》は務めている。御所にかかわる雑用のほとんどを担当する仕丁は、どこにいても不思議ではなく、何をしていても気にされることはなかった。

「主上《しゅじょう》」

清涼殿《せいりょうでん》で天皇の朝の義務である天下泰平の祈りを捧げている光格《こうかく》天皇に土岐が声をかけた。

「爺《じい》か。珍しいの。そちが祈りの邪魔をするとは」

光格天皇が驚くことなく応じた。

「申しわけおまへん。お咎《とが》めは後ほど存分に」

御殿の片隅、石灰《いしばい》の壇《だん》近くの暖炉《だんろ》代わりとして使われる塵壺《じんこ》に身を潜《ひそ》めた土岐が詫《わ》びた。

「誰も気づかないのであれば、咎めだてる意味もなし」

光格天皇が土岐を許した。

「で、なんぞあったのか」

子供のころから側近《そば》くに仕《つか》えている土岐だが、無礼をおこなうことはなかった。その土岐が朝拝の儀を邪魔するには、それだけの理由があると光格天皇は理解していた。

「かたじけのうございまする。じつは、かの禁裏付《きんりづき》が」

「かの禁裏付といえば、先日の東城典膳正《とうじょうてんぜんのしょう》」

話し出した土岐に光格天皇が確認を入れた。

「その者がいかがいたした」

「京の闇に巻き付かれましてございまする」

光格天皇の問いに土岐が答えた。

「闇……面倒じゃの、それは」

「へい。しかもその闇はどうやら公家《くげ》とかかわりがあるようで」

「公家と……それはいかぬ。公家が闇は、京で留《とど》めておかねばならん。京を出ては幕府も見過ごしてはくれぬ」

土岐の報告に光格天皇が表情をゆがめた。

「その闇が禁裏付の許嫁《いいなずけ》を攫《さら》いおりまして」

「女を攫ったと申すか。なんともなさけないことをする」

光格天皇が怒った。

「で、禁裏付は勝てるのか」

「女を盾《たて》にされなんだら、勝ちましょう。ずいぶん、修羅場をくぐりましたので」

問われた土岐が告げた。

「禁裏付が闇の公家と戦って、勝つのもよろしくはないの。武家への不満がより募《つの》るだけじゃ」

「お言葉の通りでございまする。武家といえども京では公家の下になる。そう思って辛抱してきている連中が、禁裏付へ嫌がらせをしかけますやろ」

光格天皇の懸念を土岐が認めた。

「かと言うて禁裏付を怒らせては、いろいろと影響が出る」

朝廷に対する目付《めつけ》として禁裏付は設けられた。とはいえ、幕府も朝廷と波風を立てたいわけではないので、禁裏付はそのほとんどの歴史を無駄飯食いとして過ごしてきた。だが、それも今回は怪しい。光格天皇の父閑院宮典仁親王《かんいんのみやすけひと》への太上天皇号《だじょうてんのう》、十一代将軍徳川家斉《とくがわいえなり》の父一橋治済《ひとつばしはるさだ》への大御所《おおごしょ》称号を与えるか否かで、幕府と朝廷の間に溝ができているのだ。

「へい。そうなってはことがややこしくなりかねまへん。なんとか、禁裏付と闇の戦いを止めとう存じますよってに、畏《おそ》れ多いことではございまするが……」

「わかった」

最後まで言わせることなく、光格天皇が土岐の要望を吞《の》んだ。


御所の東、百万遍《ひゃくまんべん》にある禁裏付役屋敷を出た東城典膳正鷹矢は護衛の檜川《ひかわ》を連れて、鴨川《かもがわ》沿いを下っていた。

「南禅寺《なんぜんじ》は東山《ひがしやま》の蹴上《けあげ》だな」

「さようでございまする」

確かめるように訊《き》いた鷹矢に檜川がうなずいた。

江戸から京へ赴任して日の浅い鷹矢は、まだ京の名所を楽しんでいない。南禅寺の名前を知ってはいても、場所を正確には把握していなかった。

対して、鷹矢が京へ来てから召し抱えた檜川は上方の出身であり、京の地理もあるていどではあったが知っていた。

「少し遠回りになりますが、人通りの多い三条大橋を渡るのがよろしいかと」

走りながら檜川が進言した。

「遠回りになるのはよくないであろうが……」

「いえ、人通りが多いほうが、走っていても目立ちませぬ」

渋い顔をする鷹矢に檜川が首を横に振った。

「顔を覚えられにくいと」

「はい。多くの人がおればおるほど、他人への集中は甘くなりまする」

「禁裏付が洛中《らくちゅう》を駆けてはまずいか」

「いささか、問題があるかと」

鷹矢の言葉を檜川が認めた。

禁裏付は良くも悪くも、京における幕府の代表であった。

京都所司代は西国大名を監督するという名目もあり、あまり京をどうこうしようとしているという感覚をもたれにくいが、禁裏付は日頃槍を押し立てて洛中を闊歩《かっぽ》しているためか、目立っている。

さすがに鷹矢の顔を知っている者がそうそういるとは思えないが、行列の先頭に立ち、鷹矢の警固《けいご》をしている檜川のことを見知っているものはいてもおかしくはなかった。

「わかった。そなたの指図に従おう」

鷹矢が了承した。

嫁入り前の身で無頼に拐《かどわ》かされた布施《ふせ》弓江《ゆみえ》の不安を思えば、一刻でも早く救出したいが、数がいるとわかっている相手の本拠へ乗りこむのに、一人では心許《こころもと》ない。どころか、飛んで火に入る夏の虫になりかねない。

こういったとき、剣客として生きてきた檜川は、力強い味方である。鷹矢は檜川の意見を尊重することにした。

「三条大橋を渡ったら、そのまま蹴上へと向かいまする。その後南禅寺さまの壁に沿って……」

「任せる。吾《われ》はそなたの後に付いていく」

経路の説明をする檜川を鷹矢が止めた。

「……承知いたしましてございまする」

前を見ながら檜川が気合いを入れた。

錦《にしき》市場の青物問屋の先代枡屋《ますや》茂《しげ》右《え》衛門《もん》こと絵師伊藤若冲《いとうじゃくちゅう》は、京洛で顔が広い。独特の色使い、絵に込められた感情のすさまじさが人気となり、あちこちの名刹《めいさつ》、神社、仏閣、豪商と若冲の絵を求める客が多いお陰であった。

そして枡屋茂右衛門は、南禅寺から襖絵《ふすまえ》の依頼を受けていた。

「南禅寺はんは、亀山法皇《かめやまほうおう》がおよそ五百年ほど前に、無関普門《むかんふもん》禅師を開祖として建てられた臨済宗《りんざいしゅう》の名刹や。とても悪事に手を貸さはることはない」

枡屋茂右衛門は鷹矢と別行動をするため、実家への途上にあった。

「しゃあけど、境内《けいだい》を禁裏付はんの思うがままにはさせてくれへんやろう。京の寺は所司代はんの担当や」

　禁裏付は朝廷や公家には絶大な力を持つが、それ以外にはなんの権もなかった。

「掠《かす》りどもの棲《す》み家が南禅寺はんの裏手やというのが気に入らん」

　枡屋茂右衛門は難しい顔をしていた。

「南禅寺はんは、勅願寺《ちょくがんじ》や。そのへんの寺とは扱いが違う。下手をうったら、典膳正はんが叱られるわ」

「……………」

　焦《あせ》った枡屋茂右衛門の足は速くなり、周囲への警戒が薄くなった。

　いつの間にか、枡屋茂右衛門の前後を怪しげな風体の男たちが挟んでいた。

「伊藤若冲やな」

　前の男が不意に振り向いて、枡屋茂右衛門へ問いかけた。

「違いまっせ」

　あっさりと枡屋茂右衛門が否定した。

「えっ」

　一瞬男があっけにとられた。

「ほな、ごめんやす」

枡屋茂右衛門がすっとその隙《すき》を突いて歩き出した。

「待て。伊藤若冲」

今度は背中から呼び止められた。

「…………」

「おい、無視すんなや」

反応せず歩き続ける枡屋茂右衛門に後ろの男が怒気を放った。

「…………」

他人事《ひとごと》やとばかりに枡屋茂右衛門が相手をせずに、離れようとした。

「ええ加減にせんかい」

ついに後ろの男が切れた。

「おまえが伊藤若冲やとは知れとんねん」

「違う言うてますやろ」

立ち止まって枡屋茂右衛門があらためて否定した。

「その伊藤若冲っちゅうお方は、何者ですねん。そんなにわたしと似てますんか」

「………」

逆に問い詰められた後ろにいた男が黙った。

「世のなかには似ている男が三人いてると言いますで。人違いは別段恥ずかしいことやおまへん」

咎めないと枡屋茂右衛門が首を横に振った。

「おいっ」

「ああ」

前と後ろを挟むようにしていた男たちが顔を見合わせた。

「確認したな」

「もちろんだ。何度も顔を見た」

二人がなにやら相談を始めた。

「……あほくさい」

その様子を見た枡屋茂右衛門があきれた。

「誰ぞいてへんかな。知り合いは……」

枡屋茂右衛門が周囲を見た。

「あれは、大徳寺《だいとくじ》の御坊《おぼう》はんや」

托鉢《たくはつ》に出かけるのも僧侶の役目である。名刹の住職といえども、手の空いているときは托鉢を持って喜捨《きしゃ》を求めて歩く。

「宗全和尚《そうぜんおしょう》はん」

枡屋茂右衛門が声をかけた。

「おう、これはこれは枡屋どの」

宗全と呼ばれた僧侶が枡屋茂右衛門に気づいて近づいてきた。

「枡屋だと……」

相談をしていた男たちが、目を枡屋茂右衛門に戻した。

「てめえ……」

「ふざけやがって……」

二人の男が険《けわ》しい顔つきになった。

「なんや。文句でもあるんか。そもそもおまえらなんぞ、儂《わし》は知らんで。知らん者《もん》にいきなり声かけられて、なんで応答せんならんねん」

枡屋茂右衛門が言い返した。

「このやろう、伊藤若冲じゃねえなどと嘘を吐《つ》きやがったな」

前にいた男が憤怒した。

「そうやと認めてたら、どうなった。その懐《ふところ》にあるもんはなんや」

男が右手を懐へ突っこんだのを枡屋茂右衛門が指摘した。

「なにをしようとしておるのじゃ」

宗全が警戒を露《あわ》わに二人の男を見比べた。

「やってまうか」

「坊主ごとか」

二人がふたたび顔を見合わせた。

「もめごとのようでございますな」

宗全が枡屋茂右衛門を気遣うように訊いた。

「どうやら、そのようで」

枡屋茂右衛門が苦笑した。

「思い当たる節はございましょう」

「嫌ほどございますとも」

　宗全に言われた枡屋茂右衛門が嫌そうに認めた。

「絵師としての高名、錦市場の世話役という立場、他にもございましょう」

「最近、一つ増えまして」

「ほう、どのようなものが」

「禁裏付はんの仲間というのが」

「それはまた、珍しいものを」

　枡屋茂右衛門と会話していた宗全が笑った。

「しゃあないわ。二人ともやる。おいらが坊主を、下兵《しもへい》、おめえが伊藤若冲や」

「わかった」

　二人の間で話が付いた。二人の男が懐から匕首《あいくち》を抜いた。

「ようやく相談が終わりましたかの」

　宗全が二人を見た。

「黙って死ねや、坊主」

　匕首を男がひらめかせた。

「坊主相手にそのような脅《おど》しは効きませんぞ。坊主は死を見つめる者。死は生の行き着く末、誰もがかならず訪れる場所。早いか遅いかだけの差でござる」

鉢を小脇に抱えた宗全が合掌《がっしょう》した。

「ならば、問題あるめえが」

男が匕首を腰だめにして突っこもうとした。

「喝《か》あつっ」

途端に宗全がすさまじい気合いを発した。

「うわっ」

「…………」

二人の男の腰が砕けた。

「……えらい音声《おんじょう》でんなあ」

枡屋茂右衛門も首を何度も振りながら感心した。

「動けまい」

宗全の雰囲気が変わった。

「悪を働こうとする者には、閻魔《えんま》の裁断。善をなす者には御仏の応援。そなたらは悪であるな」

「な、なにを」

「力が、力が入らねえ」

男たちがふらついた。

「これが喝を入れる……」

枡屋茂右衛門が感嘆しつつも、そのからくりを見抜いていた。

人はなにか動きを始めようとするとき、息を吐いて吸おうとする。肺腑《はいふ》に新しい空気を入れ、それを源《みなもと》として身体と心を動かす。

その吐き終わった瞬間、あらたに息を吸おうとし始める出頭を宗全は大声を発して押さえたのだ。

驚かされたとき、人は息を止める。これは本能に近く、よほど剣術なり座禅なりの修業を積んでいないと防ぐことは難しい。息を吸い、息を吐く。この動きを宗全は気合い声で狂わせた。

「危ないものを」

宗全が托鉢の鉢で男の手にある匕首をたたき落とした。

「あつっ」

手首を打たれた男がようやく吾に返った。

「周りを見よ」

宗全が言った。

「……うわあ」

下兵が声をあげた。宗全の気合いに周囲の者たちの注意が集まっていた。

「まずいで。八助《やすけ》」

「……ああ。一度退《ひ》く」

人を殺して金をもらおうと考えている連中は、他の仕事より割がいいから刺客をやっているのだ。もらった金で贅沢をすることしか頭にはない。金のために命を奪っても、命を差し出す気などなかった。

「覚えておれや」

「次はかならず」

二人が背を向けて逃げ出した。

「和尚はん、助かりました」

「いやいや、衆生《しゅじょう》の救済は出家の仕事でござる」

枡屋茂右衛門の礼に宗全が首を左右に振った。

「これを……」

すばやく銭入れを出した枡屋茂右衛門が、なかから二分金を取り出して托鉢へ入れた。

「南無阿弥陀仏」

一礼して拝んだ宗全が念仏を呟《つぶや》いた。

「人気者はお辛《つら》いの」

宗全が暗い顔をした。

「いろいろと利害ができますよって」

枡屋茂右衛門が苦笑を浮かべた。

「金ですかの」

「それもございますが……」

問うた宗全に枡屋茂右衛門が曖昧《あいまい》な返答をした。

「お公家さんですかいな」

「……………」

「いや、これは失礼をいたしました。出家は世間に口出しをしてはなりませぬの。南無阿弥陀仏。南無阿弥陀仏」

宗全が手を合わせた。

「では、これにて」

朗々と読経《どきょう》をしながら、托鉢へと戻っていった。

「助かった。助かったが……わたいでこうならば、典膳正はんはどうなるのやら」

枡屋茂右衛門が東山へと目をやった。

二

霜月織部《しもつきおりべ》は徒目付《かちめつけ》を長くやっていた。

徒目付は、目付の配下で御家人たちの監察を任としている。その他に、あまり知られてはいないことだが、目付の指示を受けて、他国へも探索に出ていくこともあった。諸大名の領国へ入りこみ、その治世を調べるなどは当たり前、場合によっては城や重臣の屋敷に忍びこみ、隠密《おんみつ》のまねごとまでした。

もちろん、誰にでもそのような技量があるわけではなく、ごく一部の徒目付だけではあったが、その一人が霜月織部であり、津川一旗《つがわいっき》であった。

霜月織部と津川一旗は、松平越中守定信《まつだいらえっちゅうのかみさだのぶ》の子飼いであり、禁裏付東城典膳正鷹《たか》矢《や》の見張りとして京へ出張してきていた。

「出入りはない」

一夜を南禅寺奥の草むらで見張り続けた霜月織部は、動かずにいたことを確認するかのように呟いた。

「攫われた女がどうなっているか見たいが……近づくわけにはいかぬな」

さすがに京の闇を支配する一人である砂屋楼右衛門《すなやろうえもん》の本拠地だけに警戒は厳重であり、かなり離れたところからの観察でなければ気づかれそうであった。

「どうするかの」

霜月織部は攫われた弓江が、やはり松平定信の指示を受けた若年寄安藤対馬守信成《わかどしよりあんどうつしまのかみのぶなり》が送りこんだ、鷹矢の首輪だとは報《しら》されていない。

霜月織部にとって弓江は、少し話をしただけの女でしかなく、その生死などまったく気には留めていない。ただ、この誘拐劇を見ていながら、手助けをしなかったと鷹矢に知られたとき、霜月織部の信用は地に墜《お》ちる。

「偶然見かけたとして東城へ報せてやるべきか……しかし、そうなればまちがいなく、あやつは女を助けに来るだろう。町中ならばまだしも、相手の本拠地では地の利はない。そのうえ人質まで取られていては、とても東城に勝ち目はない」

冷静に霜月織部が判断した。

「東城になにかあれば、越中守さまのお考えが躓《つまず》く」

霜月織部が苦い顔をした。

そもそも使番《つかいばん》だった鷹矢が禁裏付に抜擢《ばってき》されたのは、松平定信の手配であった。

当時、十一代将軍となったばかりの家斉が、実父一橋治済に大御所称号を欲しがり、その手配を預けられたのが松平定信であった。しかし、朝廷は閑院宮典仁親王への太上天皇号を認めなかった幕府へ怒りを覚えており、松平定信を通じて出された家斉の要望は、あっさりと却下された。

これが問題になった。

「朝廷が幕府の求めを拒《こば》むなど、前代未聞である」

「幕府から出された禄《ろく》で生きておきながら、言うことを受け入れぬなど……」

面目をなくされたと幕閣の老中や、御三家、御三卿などが憤慨《ふんがい》した。

「なんとかいたせ」

分家の御三卿一橋家から養嫡子となって十一代将軍となった家斉は、最初執政筆頭の松平定信へ遠慮していたのだが、これを契機に後ろ盾を得たとばかりに強気になった。

「はい」

将軍の命とあっては、松平定信にも拒めなくなる。

「表の交渉はもう終わっている」

天皇が一度断ったのだ。それを表の交渉でひっくり返すことはまず無理であった。なにせ天皇の意志は勅意といわれ、それはすべてに優先される。過去、後水尾《ごみずのお》天皇が僧侶たちに許した紫衣《しい》を幕府が取り消した問題はあるが、あれはまだ幕府と朝廷の力関係が安定していなかった幕初の話だからこそであり、今ならば最初から朝廷が折れるので起こりえない。

しかし、折れることを厭《いと》わなくなったのとは逆に、朝廷は一度決めたことにかんしては、頑《かたく》なになっている。

「ならば、裏じゃ」

そう考えた松平定信が、白羽の矢を立てたのが鷹矢であった。

「禁裏付にしてやるゆえ、朝廷の弱みを探れ」

松平定信が鷹矢を京に送りこみ、その援護と見張り役として霜月織部と津川一旗は選ばれた。

「難しいところよな」

霜月織部が悩んだ。

「……このまま見過ごすか。いささか、独断が過ぎるようでもあるしの」

少しして霜月織部が結論を出した。

「せっかく手に入れた南條蔵人《なんじょうくろうど》を京都所司代に渡すなど……」

霜月織部が憤慨していた。

南條蔵人は二条大納言《にじょうだいなごん》治孝《はるたか》の指図で、鷹矢を罠にはめるべく行動していたが、失敗して捕まえられてしまった。

従六位と決して高位ではないが、れっきとした公家が禁裏付の屋敷に侵入した。

これは大きな問題であった。なにより蔵人は朝廷の内政を担当する。朝廷の内証を監察する禁裏付とは、深い縁がある。その蔵人が禁裏付を襲ったとなれば、金の出入りでなにか不正があったのではないかと推測されるのは当然であり、そうなれば大々的に調べを開始する理由になる。まさに南條蔵人は朝廷の弱みであった。

その南條蔵人を鷹矢は京都所司代へと引き渡してしまった。

まさに松平定信へ忠誠を誓う霜月織部や津川一旗から見ると、鷹矢は裏切り者であった。

「なにも見なかった」

鷹矢への援助はしない。そう霜月織部が決断した。

洛中はもちろん、洛外でも走る人というのは、意外と少ない。

「わあ、なんや」

「危ないなあ、もう」

鷹矢と檜川に行き当たりそうになった者たちが非難の声をあげるなか、二人は息の続く限り走った。

「……殿」

南禅寺の山門が見えたところで、檜川が鷹矢に声をかけた。

「な、なんだ」

息を荒くした鷹矢が応じた。

「ここで、息を整えましょう」

檜川が提案した。

「それでは、布施どのを助けるのが遅くなるぞ」

走り続けようと鷹矢が告げた。

「いいえ」

強く首を横に振った檜川が続けた。

「敵地に乗りこむのでございますぞ。これから戦いが連続いたしましょう。普通のときでも連戦すれば、体力が保《も》ちませぬ。それが走りきって息を切らせた状態では、勝てるものも勝てませぬ。続けざまの戦いは、相当に体力を喰《く》いまする」

檜川が忠告した。

「むう」

言われた鷹矢がうなった。

「少しでも早く、布施さまをお救い申しあげたいのは、わたくしも同様でございます る。ですが、焦って戦っては碌《ろく》なことになりませぬ。急いだために、失敗したとあっては意味がございませぬ」

「…………」

「敵の道場へ打ちこむのだとお考えくださいませ」

まだ納得できていない鷹矢に、檜川が述べた。

「どこに待ち伏せがあるかわからず、周囲は皆、敵。それも倒しても倒しても次々と現れる。そんなところへ押し入り、もっとも奥の部屋へ行き着く難しさを」

「息が乱れていたら、待ち伏せしている者の気配を感じられず、疲れていてはすぐに剣を振るう腕が垂れ、奥へ行き着く前に倒れる……か」

「はい」

自分なりに理解した鷹矢に檜川が首肯した。

「急がば回れだな」

「さようでございまする」

鷹矢の言葉に檜川が同意した。

「息を整えるぞ」

鷹矢が大きく息を吸って、吐くを繰り返した。

「のう、檜川」

「なんでございましょう」

少し落ち着いたところで問いかけた鷹矢に檜川が応じた。

「そなた、道場破りを経験したことがあるのか」

先ほどの例え話から推測した鷹矢が尋ねた。

「何度か。大坂は武ではなく商の町でございますので剣を学ぶ者は少なく、道場同士、わずかな弟子を奪い合って……」

「死活問題か。ならば無理もないな」

檜川の答えに鷹矢がうなずいた。

「弟子は伴わぬのか」

「もちろん、連れて参りますが……弟子を死なせたり、大怪我をさせたりすると、あそこは教え方が下手だとの評判が立ちますので、どうしてもわたくしが先頭に立つことになりまして」

状況を檜川が語った。

「なるほどの。それで先ほどの注意に繋《つな》がるわけか」

鷹矢が理解した。

「はい。弟子たちに戦いというものを教えるため、同道するのでございますが、慣れておりませぬからか、勝手に行動する者が出てしまいまする。特に吾が道場から相手の道場まで駆けて、勢いそのままに門を破ったならば、まずまちがいなく弟子たちは、警告を無視して暴れまする。そうならないためには、一度、頭にのぼった血を下げてやらねばなりませぬ」

「そうか、そんなに吾は危なかったか」

「あっ、いえ、そのようなことは……」

苦笑した鷹矢に檜川が慌てた。

「怒っているのではないぞ。助かったと褒《ほ》めておる」

「さようでございましたか」

手を振った鷹矢を見て、檜川が安堵《あんど》の息を吐いた。

「もうよかろう、行くぞ」

「はっ」

鷹矢の合図に檜川が従った。

砂屋楼右衛門も寝ぼけていただけではない。すでに配下の小者を数人失っているのだ。

「公家を脅すのが仕事の鬼瓦《おにがわら》やなかったというわけや」

鷹矢の実力を砂屋楼右衛門は認めていた。

「ここはもう知られてると思うたほうがええ」

「では、早速に引き移りを」

浪《なみ》が砂屋楼右衛門に移動を進言した。

「どこへ移る」

「桂村《かつらむら》の寮はいかがでおますやろ」

問われた浪が答えた。

「鞍馬《くらま》とか八瀬《やせ》とか、言わぬところはさすがやな」

砂屋楼右衛門が浪を褒めた。

闇に棲む者は用心深くないとすぐに死ぬ。一端《いっぱし》の親分として君臨するだけあって、砂屋楼右衛門には、本拠地以外にいくつもの隠れ家があった。

その一つが桂村にあった。

洛中の南西、桂川の右岸にあたる桂村は、古くから公家の別荘地として栄えてきた。とくに徳川家康《いえやす》が天下を取ったころ、後陽成《ごようぜい》天皇の弟八条宮智仁《はちじょうのみやとしひと》親王がここに書院を建てたことから人気を博し、多くの公家が寮や別荘を建てた。しかし、公家が没落するにつれて別荘は売却されたり、放置されたりして荒廃していった。

それでも八条宮家から桂宮家へと名を変えた宮家の住まいがあるため、朝廷の噂は入ってきやすかった。

そのなかの一つを砂屋楼右衛門は隠れ家として所有していた。

「鞍馬や八瀬なら見つかりにくい。見つかったところで守りやすい。しかし、あまりに京洛から離れてしまう」

砂屋楼右衛門が続けた。

「それを考えれば、桂はいい選択やの。だが、それも今回は悪手じゃ。そもそも鞍馬や八瀬に動けば、逃げたと思われる。京の闇はいつでも奪い合いや。もっともうま味の大きい洛中を洛外の連中は隙あらばと狙っておる。ここで弱腰を見せたら、つけこんでくる者が出てくる」

「そのような者、四神に任せればよろしおす」

浪が敵ではないと言った。

「甘《あ》もう見たらあかん。万全のときやったら、敵がどれほどでも難しゅうないけどな。こっちが禁裏付との戦いで傷ついているときやったら、どうなるかわからへんやろ。縄張りは奪われんでも、四神の誰かが討たれたりしてみい、大損やで」

軽く見ている浪を砂屋楼右衛門がたしなめた。

「申しわけおへん」

浪が謝罪した。

「わかればええねん。おまはんは、わたいの片腕や。きついことも言うけどな、頼りにしてるんやで」

「堂守《どうもり》さま……」

ほだされた浪がうるんだ目で砂屋楼右衛門を見つめた。

「禁裏付の件、片付けたら二人で有馬《ありま》に湯治《とうじ》にでも行こか」

「ほんまどすか」

浪が砂屋楼右衛門に身を預けた。

「それまでは、辛抱やで」

砂屋楼右衛門が浪の肩を軽く抱いた。

「……………」

浪がうっとりと身体の力を抜いた。

「堂守さま」

二人が籠《こ》もっているお堂の外から呼びかける声がした。

「亀《かめ》か。しばし待ちや」

今までとは別人のように冷たい声を浪が出した。

「……ごめんを」

そっと砂屋楼右衛門から離れた浪が、お堂の扉を開いた。観音開きの扉から朝の日差しがなかを照らした。

「なんや、亀」

堂の縁側に立って浪が亀を見下ろした。

「南禅寺の角から合図がおました。武家が二人近づいて参ります」

亀が報告した。

「思ったより、遅かったの」

砂屋楼右衛門も縁側に出てきた。素早く浪が膝を突いた。

「人数は」

「二人やそうで」

「……二人きりやと」

砂屋楼右衛門の確認に答えた亀へと浪が怪訝な顔を見せた。

「少ないやないか。禁裏付には与力十騎、同心五十人が配されてるはずや。いかに京住まいで軟弱な者《もん》ばっかりやというても、三人や四人は遣える者もおるやろう」

浪が疑問を呈した。

「合図は二人とのことで」

亀がまちがいないと応じた。

「南禅寺の西南やな」

「へい」

砂屋楼右衛門が念を押し、亀が首肯した。

「他はどうや。東北の角や祇園はんの南やらの見張りから、別働隊の報せはないんやな」

「おまへん」

亀が首を横に振った。

「ふむ……」

砂屋楼右衛門が腕を組んだ。

「たった二人で我らに挑もうなんぞ、禁裏付は愚か者のようやな」

浪が笑った。

「そうでもないで」

腕組みを解いた砂屋楼右衛門が浪を見た。

「どうしてでございます」

浪が尋ねた。

「あの禁裏付は赴任して間もないちゅうやないか。十年はおるのが禁裏付やというても、まだ配下の与力や同心も馴染《なじ》んでないやろ。言うことを確実に聞くかどうかさえわからん連中を連れて来ても役にはたたへん。どころか、かえって足並みを乱して、邪魔になるだけや」

「さすがは堂守さま」

説明する砂屋楼右衛門に浪が納得した。

「迎え撃つ用意はできておるの」

「へい」

砂屋楼右衛門に訊かれた亀がうなずいた。

「確実に仕留めなあかんでの。奥まで誘い込めや。周りを囲って逃がさんようにしてから殺せ」

「承知」

指図を受けた亀が小走りに離れていった。

「女はどうや」

それを見送った砂屋楼右衛門が浪へ顔を向けた。

「静かにしてますえ」

浪が答えた。

「ええ度胸しとるな。さすがは東夷《あずまえびす》の娘やで」

砂屋楼右衛門が感心した。

「さて、そろそろこっちも用意しょうか。浪、女のこと頼むわ」

「あい」

肩を叩かれた浪がしなを作った。

三

禁裏付の役目は毎朝参内して御所内に詰め、公家たちの動向を見張り、朝廷の内証を吟味する。

「典膳正どのは、お休み……か」

武者伺候の間へ入った鷹矢と同役の黒田伊勢守《くろだいせのかみ》がため息を吐いた。

「急ぎすぎのようだな、典膳正どのか」

黒田伊勢守が鷹矢の休みを報せに来た仕丁へ言った。

「なんのことやら、わたいではわかりまへんわ。ちいと待っておくれやす」

巻きこまれたくないと考えた仕丁が逃げ出した。

「あれが生き残るための態度である。危険には近づかぬ。これこそ、朝廷で長くお役を務める法」

黒田伊勢守が仕丁を褒めた。

「典膳正が来ておらぬと聞いたぞ」

しばらくして仕丁の代わりに武家《ぶけ》伝奏《てんそう》広橋《ひろはし》中納言《ちゅうなごん》前基《さきもと》が武者伺候の間へとやって来た。

「これは中納言さま」

すっと黒田伊勢守が上座を譲った。

武家伝奏は朝廷の意を将軍に、将軍の要求を朝廷に伝える役目である。朝廷目付たる禁裏付の監督を受けるが、官位ははるかに高い。とはいえ、その実力は禁裏付のほうが武家伝奏よりも強い。

禁裏付と武家伝奏の関係は、実権を持つ幕府と名義を持つ朝廷の縮図と言えた。

「聞いておるか」

「いえ。都合で休みとだけしか、存じませぬ」

広橋中納言の確認に黒田伊勢守が首を左右に振った。

「蔵人のことは知っておるな」

「おおよそは」

もう一度訊いた広橋中納言に黒田伊勢守は曖昧な返答をした。

「ふん」

鼻で広橋中納言が笑った。

「まあええわ。伊勢守、そなたはどっちの味方や」

直截に広橋中納言が問うてきた。

「どっちの味方と言われましても……」

黒田伊勢守が困惑した。

「ああ、そなたが旗本であるのはわかっている。麿《まろ》が言っておるのは、幕府か朝廷かという意味ではない」

「では、どういう意味でございまする」

「典膳正に付くのか、麿に付くのかと聞いておる」

わざとわからない振りをしている黒田伊勢守に、広橋中納言がはっきりと告げた。

「……………」

黒田伊勢守が黙った。

「伊勢守、そなた何年禁裏付をいたしておる」

不意に広橋中納言が質問した。

「五年になりまする」

「もう五年か。いやまだ五年もあると言うべきかの」

答えた黒田伊勢守に広橋中納言が口の端を吊り上げた。

今回の鷹矢のように朝廷を脅して一橋治済に大御所称号を勅許させるという裏がある場合は別だが、禁裏付は十年を一区切りにするのが慣例であった。

「あと五年、日数でおよそ一千八百日か。それだけの日々を針の筵《むしろ》に座り続けるのは辛かろう」

遠回しに脅しながら、広橋中納言が黒田伊勢守の返事を待った。

「……難しいことを求められる」

黒田伊勢守が小さく首を何度も振った。

「簡単なことであろう。どうせ、典膳正はすぐに江戸へ呼び返されることになる」

広橋中納言が述べた。

「わたくしもいつかは江戸へ帰るのでございますぞ」

「五年も先であろう。そのころには皆、伊勢守のことなど忘れておるわ」

文句を言った黒田伊勢守に広橋中納言が手を振った。

「……中納言さまは、よくそれで武家伝奏をなされてますな」

「なんじゃと」

あきれられた広橋中納言が黒田伊勢守に怒った。

「典膳正は老中首座松平越中守さまの子飼いでござる。典膳正を敵にするのは越中守さまに刃向かうも同然でござる」

黒田伊勢守が役人として、旗本として終わりかねないと危惧《きぐ》を示した。

「ふふふふふ」

広橋中納言が嫌な笑いを見せた。

「…………」

「越中守は失脚いたすぞ」

雰囲気の変わった広橋中納言が黙った黒田伊勢守へ通告した。

「なにを言われる。越中守さまは八代将軍吉宗《よしむね》公のお孫にあたられるお方、上様にお近いご一門でございますぞ。そのようなお方が老中首座を下ろされるはずなどございませぬ」

驚いた黒田伊勢守が反論した。

「五年も京にいて、そのていどのこともわからんかいな」

広橋中納言が黒田伊勢守を嘲笑《ちょうしょう》した。

「いかに中納言さまとはいえ、お言葉にはお気を付けいただきませぬと」

「朝廷目付が出ると申すか」

怒る黒田伊勢守を広橋中納言が煽《あお》った。

「むっ」

黒田伊勢守が広橋中納言をにらみつけた。

「越中守の寿命さえ読めぬ輩《やから》など、朝廷では雑仕《ぞうし》にもなれぬ」

雑仕とは雑用などをおこなう最下級の朝廷役人であった。

「どこに越中守さまの寿命が」

怒りを抑えて黒田伊勢守が尋ねた。

ここで怒鳴りつけて広橋中納言を追い出したり、逆に黒田伊勢守が出ていっても話は聞けなくなる。幕府老中筆頭という天下に並ぶ者のない権力者の没落を予言できるならば、その理由を黒田伊勢守は知ろうとした。

「一族ほど面倒な相手はおるまいが」

「上様が越中守さまを退けられると」

「そうじゃ。将軍にとって越中守はなんじゃ。優秀な配下である前に、十一代将軍の座を争った敵……」

「……それは」

黒田伊勢守が息を呑んだ。

「もちろん、その争いには家斉公が勝利し、十一代将軍の座に就《つ》いた。そして敗れた越中守は家臣となって仕えている。それでめでたしになるか」

広橋中納言が小さく笑った。

「…………」

なにも言えなくなっている黒田伊勢守に広橋中納言がゆっくりと口を開いた。

「家斉公になにかあったら……」

「なにを言う気じゃ」

思わず黒田伊勢守が止めた。広橋中納言が言おうとしているのは、松平定信による簒奪《さんだつ》になる。それを口にさせてはならなかった。

「家斉公は気が気でなかろうなあ。己の命のこともあるが、なによりも子供のことが気になろう。たしか、幕府は七歳まで家督を認めていなかったの」

「それは違う。幕府は四歳での家督も認めている」

追い詰められた黒田伊勢守の言葉使いが荒くなった。

「家継《いえつぐ》公の故事か」

広橋中納言が呟いた。

幕府は武家諸法度《ぶけしょはっと》を発布し、大名や旗本を厳しく統制してきた。そのなかの一つに跡継ぎが幼すぎるときは家督相続を認めず、家を潰すというのがあった。

これは大名や旗本は領主として知行地の政《まつりごと》をおこなう者であり、さらに応じた軍役を負担しなければならなかった。当然、文字も読めない、槍も持てない子供には務まるものではない。これを理由に幕府は統制してきた。

となれば、将軍こそ問題になる。将軍はすべての武士を統率し、天下の政をおこなう者である。それこそ、子供にできるものではなかった。事実、幕府も将軍継承について は元服《げんぷく》をすませた者で続けてきた。

しかし、六代将軍家宣《いえのぶ》のときに問題が起こった。家宣が死に瀕したとき、跡継ぎの家継は、ようやく四歳になったばかりであった。

「将軍の位は一度尾張徳川家の当主吉通《よしみち》に預け、家継が成人したおりに返す」

家宣がこう遺言したとも言われている。

だが、それは幕府に大きな波風を立てることになった。今までの譜代大名、旗本を中心とした幕府役人に尾張藩士たちが割りこんでくることになる。尾張徳川から将軍が出れば、藩士たちが直臣として組み込まれることは、すでに五代将軍綱吉《つなよし》が館林《たてばやし》藩主から将軍となったときにおこなっている。

前例があるとはいえ、今回はまずかった。

綱吉の場合は、そのまま綱吉の子孫が将軍を継いでいくという前提があった。実際は、綱吉の子供徳松《とくまつ》が早世したため血の継承は途絶えたが、これは想定外の話であり、尾張徳川吉通の次代は家継に引き渡すという条件付きとは違う。あくまでも尾張藩士は尾張藩士として幕府に組み込まれ、家継の継承とともに幕臣から陪臣へと戻る。

そんな者たちに側用人だとか、お側御用取次とかの重職を取られてはたまったものではない。

ましてや家宣のもとで重用されていた間部越前守詮房《まなべえちぜんのかみあきふさ》や新井白石《あらいはくせき》にとっては大問題になる。

身に合わぬ出世をした寵臣は一代が決まりであった。能楽師だった間部詮房、浪人していた新井白石が、幕政にかかわれたのは、六代将軍家宣から認められたからである。当たり前ながら、そういった出世をしたものは嫉妬を買う。主君が生きている間は庇護《ひご》を受けられる。だが、主君が死ねばそれまでであり、今まで抑えつけられていた嫉妬が爆発する。

それを防ぐには、主君が死んでも寵愛を受け続けるしかなく、直系による相続が必須であった。さすがに実父が重用した家臣を息子が排除するのは外聞が悪い。父親に人を見る目がなかったと公言するのと同じだからだ。

結果、間部詮房、新井白石によって尾張徳川吉通に行くはずだった将軍位は家継のものとなり、わずか四歳の将軍が誕生した。

徳川家が武家諸法度を破った。とあれば、諸大名への規制はできなくなる。

「とはいえ、さすがに二歳や三歳では朝廷が許さぬ。そんな赤子に征夷大将軍を任せるなど、朝廷の見識が疑われる」

「………」

広橋中納言の言葉を黒田伊勢守が無言で聞いた。

「わかるか。越中守は家斉公と十一代の座を争って負けた。ということは、十二代になる資格を持っているということじゃ」

ここまで言われて広橋中納言の意図を読めぬようでは、とても公家という表裏比興《ひょうりひきょう》の者を取り締まる禁裏付など務まるはずもない。

「では、家斉公は……」

「そうじゃ。吾が子が十二代将軍となるにもっとも障害となるであろう越中守を排除しようとしておられる」

顔色を変えた黒田伊勢守に広橋中納言が述べた。

「では、端から大御所称号が無理だと上様はおわかりに……」

「わかっているはずじゃ。主上が一度ならぬと仰せられたのだぞ。それを幕府に脅されたからとひっくり返してみよ、二度と勅 諚《ちょくじょう》を敬《うやま》う者はでなくなる」

広橋中納言が断言した。

「さて、もう一度問おう。伊勢守、そなたはどちらに付く」

「………………」

事情をわかっても幕臣として老中首座を怖れるのは無理もない。黒田伊勢守は沈黙した。

「しかたない。麿の邪魔はするな」

「……いたしませぬ」

広橋中納言が譲歩した。

力なく、黒田伊勢守が応じた。

四

南禅寺をこえて細い山道に入った鷹矢と檜川は、周囲を警戒しながらゆっくりと進んでいた。

「……殿。左に二人」

檜川がそっと囁《ささや》いた。

「襲ってくるか」

「その気配はございませぬ。おそらくは見張りでございましょう。仕留めまするか」

問うた鷹矢に檜川が尋ねた。

「後顧《こうこ》の憂《うれ》いは断つべきだろうが、無駄に危険を冒すのは避けたい」

本拠地に着くまでに体力を損耗《そんもう》し、刀を刃こぼれさせるのはまずいと鷹矢は考えた。

「わかりましてございまする。では……」

すっと屈んだ檜川が落ちている石を拾いあげて、草むらへ投げた。

「ぎゃっ」

「わっ」

悲鳴と驚愕の声がして、草むらが揺れた。

「追い払っておきましょう」

「見事である。次も頼んだ」

手練《てだれ》の技を見せつけた檜川に鷹矢は感心した。

「露払いをいたしまする」

檜川が鷹矢より三間（約五・四メートル）ほど前に出た。

「弓の音が聞こえたときは、とりあえず伏せてくださいませ」

「使ってくるか、弓を」

檜川の警告に、鷹矢が驚いた。

「弓どころか、鉄炮まで持ち出して参りまする。それが戦いというもの」

思い出すかのように檜川が言った。

「……鉄炮」

鷹矢が息を呑んだ。

鉄炮は幕府によって厳しく規制されている。江戸はもちろん、京、大坂での発炮は厳罰の対象になる。

「まあ、弓よりも鉄炮のほうが楽なのでございますが、相手取るには」

「なんだとっ」

鉄炮はさほど怖ろしいものではないと口にした檜川に、鷹矢が目を剝《む》いた。

「皆様方、鉄炮を怖れられまするが、実際は弓のほうがはるかに手強いのでございまする」

檜川が前に進みながら語った。

「不意を打たれた場合、すべての飛び道具は怖ろしゅうございまする。なにせ、こちらの手の届かない遠くから撃って参りますので。ですが、鉄炮は火縄を使いまする。風下におればその匂いで、風上でも火縄の出す煙で見つけることは容易。また、鉄炮は飛ばせば百間（約百八十メートル）でも届きまするが、必中とあればせいぜい二十間（約三十六メートル）、不意討ちでもなければ十二分に見える間合い。鉄炮の弾はまっすぐにしか進みませぬので、筒先を把握さえしていれば、弾を避けることは難しくございませぬ」

「そういうものか」

鷹矢が唖然とした。

「はい。そしてなにより、鉄炮には一度撃てば、次までにかなりの暇がかかるという、致命傷がございまする。二十間で対峙《たいじ》して外したならば、次の用意を調《ととの》えるまでに、十分間合いを詰められまする。弓矢が続けて射られることを思えば、鉄炮はたいした武器ではありませぬ。鉄炮を怖ろしいと感じるのは、数をそろえての一斉射。五挺もそろえられれば、まず勝てませぬ」

檜川が続けて述べた。

「むうう。したが、それはそなたなればこそであろう。吾では無理じゃ」

鷹矢が首を左右に振った。

「ですから、狙われたと思ったときは、恥も外聞もなく身を投げ出してくださいませ。さすれば、弓でも鉄炮でもそうそう当たりませぬ」

「簡単に言う」

檜川の話に、鷹矢が文句を言った。

「……そこっ」

拾っていた石を檜川が投げた。

「あつっ」

草むらが揺れて、逃げ出していくのがわかった。

「多いな」

鷹矢が苦い顔をした。

「本拠がそれだけ近いということで」

「たしかにそうだ」

檜川の言葉に鷹矢が同意した。

「あれはなんだ」

進んでいる細道の先に、鷹矢が茶店を見つけた。

「本拠にしては、いささか小そうございますな」

檜川も足を止めて、茶店を見つめた。

「ここにあって、かかわりない店とは思えぬな」

「はい。おそらくは見張所でございましょう。ここに人を置いておけば、本拠へ近づこうとする者を見逃すことはござりませぬ」

鷹矢の推測を檜川が認めた。

「開いているぞ」

茶店の雨戸が外され、床几《しょうぎ》が出されている。

「わたくしが、先に」

檜川が茶店に入った。

「おいでやす」

なかから浪が出てきた。

「お茶どすか、線香どすか、それともお花でも」

浪が普通の態度で接客してきた。

「………」

無言で浪を注視している檜川に代わって鷹矢が口を開いた。

「いや、客ではない。通りがかっただけじゃ。こんなところに茶店があるなど、思いもよらなかったのでな、つい、なかを覗いてしまったのよ」

「さようでございますか。ここらはお墓が多くありますよってに、意外と人がお出《い》でになられはるんどすえ」

鷹矢の疑問に浪が笑顔を浮かべながら答えた。

「そうであったか。邪魔をしたの」

「お茶でもどうどす。せっかくお見えの方にお茶さえ出さんと帰られたとなっては、茶店の名折れ」

辞去しようとした鷹矢を浪が引き留めた。

「急いでおるのでな。後ほど、帰りにでも寄らせてもらおう」

「お帰りに……あい。お待ちいたしておりますえ」

言った鷹矢に浪が膝を軽く曲げてしなを見せた。

「……殿、よろしかったのでございますか」

茶店を出たところで、檜川が尋ねた。

「女一人に乱暴というわけにもいくまい」

鷹矢が否定した。

「見張所でございますぞ。今ごろ、本拠に報せが……」

「とっくに知られているだろう。あれだけ見張っていた小者がいるのだ。しっかりと待ち伏せてくれているだろう」

檜川の懸念を鷹矢がしかたないと流した。

「奇襲は潰された。ならば、正面から破るしかなかろう。向こうは十分な準備をしておろうがな」

鷹矢が決意を新たにした。

出ていく鷹矢と檜川の背中を見送った浪が表情を消した。

「帰りに来る……」

浪が鷹矢の言葉を繰り返した。

「どうやら堂守さまに勝つつもりらしい。小賢《こざか》しい」

腹立たしげに浪が吐き捨てた。

「……………」

顔をゆがめたままで浪が茶店の奥へと引っ込んだ。

「どうやら、声は聞こえていたようだねえ」

奥の座敷に縛られて転がされている弓江の辛そうな顔に浪が口の端を吊り上げた。

「愛しい男の声がそこでしても、応えることさえできない。もどかしかろうに」

猿ぐつわをされている弓江を浪が挑発した。

「すぐそこに助けの手が来たのにねえ、気づかないで行ってしまうなんて、おまえたちの間に絆はないんだよ」

浪が弓江の側に屈んだ。

「ああ、臭い、臭い。小便も我慢できないとは、武家の娘も恥を知らないことや」

攫われて以来、ずっと身動きできなくされている弓江を浪が嘲笑した。

「それとも、この姿を見せてやればよかったかの」

「……うう」

なにを言われても反応しなかった弓江が身をよじらせた。

「愛しい男に糞尿にまみれた姿を見られるなんぞ、女にとって死んだほうがましなこと」

浪が笑った。

「どうせ、死ぬなら、一目会いたいですやろ」

不意に浪が柔らかい口調になった。

「会わせてあげまひょ。わたいかて、鬼でも蛇でもおまへん。一人の女やさかいに、男はんを想う気持ちは、ようわかるえ」

「…………」

逃げようとうごめく弓江に、浪が近づいた。

砂屋楼右衛門は御堂の縁側で端座して、配下の報告を受けていた。

「そうか、お浪の茶店を出たか」

見張りの小者から聞かされた砂屋楼右衛門が立ちあがった。

「揃え」

砂屋楼右衛門が号令を発した。

「はっ」

「へい」

「あいな」

「承知」

散らばっていた龍《りゅう》、雀《すずめ》、虎《とら》、亀の四神が駆け寄った。

「手抜かりはないな」

「もちろんでござる」

四神を取りまとめる青龍こと龍がうなずいた。

「ならばよし。奥で寝ている。起こすな」

満足げに首を大きく縦に振った砂屋楼右衛門が御堂のなかへ消えていった。

「なんちゅう豪胆」

亀が感心した。

「でなければ、京の闇を背負えん」

虎が納得した。

「無駄話は後や。それぞれ配下を率いて役目を果たせ」

龍が手を振った。

「あい」

最初に雀が出た。

「恥を掻《か》かせた償《つぐな》いは、してもらう」

雀が胸の谷間に差しこんでいた布団針を引き抜いた。

「怖いこっちゃ。女は怒らせたらあかん」

亀が首を竦《すく》めながら続いた。

「あいかわらず、気の抜ける奴じゃ」

あきれながら虎も出た。

「おまえら、御堂の周りを囲め。一人も通すなよ」

残った龍が配下に警固を指図した。

檜川が足を止めた。

「……ぬん」

抜き撃ちに檜川が太刀をひらめかせ、高い金属音とともに布団針が二本落ちた。

「ちっ、面倒な。あたいのぬくもりを残した針で死ぬのは、果報やというに」

出てきた雀が舌打ちをした。

「おまえか、布施どのを攫ったのは」

祇園社の門前で甘酒を売っていた金蔵《きんぞう》が見たという女の人相、身体つきにそっくりな雀を見た鷹矢が詰問した。

「名前は知らんわ。硬い肉の女ならそうや」

嘲《あざけ》るように雀が答えた。

「布施どのはどこだ」

「言うわけないやろ。言うようやったら、最初から攫わへんわ」

要求する鷹矢を雀が馬鹿にした。

「そうか。ならば、おまえに用はない」

鷹矢が冷たく言い捨てた。

「女を斬る気かいな」

雀がわざとらしく、大きくくつろがせた胸元を誇示した。

「女ではない。おまえは外道《げどう》の一つじゃ」

一人ではなく、一つと言うことで、鷹矢は許さないとの意志を表明した。

「そうかいな。ほな、やって見せてもらおか、外道に人が勝てるかどうかをの」

雀が目つきを険しくした。

「殿、もう二間お下がりくださいませ。手裏剣必殺の間合いは、二間でございまする。それをこえれば、当たったところで軽く刺さるていど。怖れるに足りませぬ」

「毒が付いてるかも知れへんのにか」

檜川の注意を雀が笑った。

「そんなところに裸で針をしまっているだけで、毒がないとわかるわ。身をよじっただけで針先が皮膚を傷つけるであろうが。毒なんぞ塗っていれば、とっくにおまえは死んでいる」

冷静に檜川が言い返した。

「ちっ」

舌打ちと同時に雀が布団針を檜川に投げた。

「おう」

檜川が手早く弾くと、一気に前へ出た。

「やれ」

三度《みたび》胸の針を取りながら、雀が合図を出した。

「わあっ」

「くたばれっ」

草むらに伏していた無頼が二人、檜川ではなく鷹矢へ向かった。

「殿さまが、死ぬで」

雀が布団針を構えながら檜川の動揺を誘った。

「…………」

檜川が気にせずに突っこんだ。

「こいつっ」

あわてて雀が布団針をぶつけたが、あわてたぶん狙いがずれ、檜川は弾くことなく足さばきで避けた。

「や、やられるで、殿さんが」

雀が焦って布団針をつかみ出そうとしたが、遅かった。

「ぬん」

檜川の太刀が、雀の両手を肘から飛ばした。

「ぎゃあああ」

すさまじい悲鳴をあげて雀が転がった。

「血止めをすれば助かるだろう。もっとも生涯、他人の手を借りねばならぬがな。今までのおこないに少しでもよいところがあれば、手助けも得られよう」

檜川が雀を見下ろした。

「厳しいな、そなたは」

無頼二人を片付けた鷹矢が檜川に声をかけた。

「人を殺すというのは、その生涯を背負うことでもありまする」

「そうか」

「もちろん、降りかかる火の粉は別でございまする。殺す気で来る者を許すのは、神仏の役割。人の範疇《はんちゅう》ではございませぬ」

鷹矢の負担にならぬよう、檜川が気を遣った。

「わかっている。今の吾は、鬼じゃ。病むような気は持ち合わさぬ」

強く鷹矢が宣した。

「止めて、血を、止めて」

血を流しながら檜川の側から逃げた雀が亀へ助けを求めた。

「鬼でっか。かわいそうなことをしなはる」

亀が雀の様子に嘆いた。

「手練の技を失って、閨《ねや》でしか使えぬ女になってしもうては……四神の誇りはない」

背負っていた木槌を亀が手にした。

「……こうしてやるのが、慈悲ちゅうもんですわ」

亀が木槌《きずち》を雀の頭に振り下ろした。

「…………」

声もなく雀が潰れた。

「外道よな、おまえも」

鷹矢が太刀を握りしめた。

第二章　外道と鬼

一

亀が木槌を振りあげ、雀のものだった血や肉片が散った。

「外道とは、まさにおまえのためにあるな」

鷹矢が吐き捨てた。

「外道でも神でも仏でも、生きていたものが勝ちなんや」

大きく亀が口を開けて笑った。

「つまりは、強い者が偉いちゅうこっちゃで」

亀が木槌を肩に担いだ。

「そんな細っこい刀なんぞ、この玄武《げんぶ》槌に触れただけで折れるわ」

「…………」

檜川が無言で足場を固めた。

「往生せいやあ」

振りかぶった木槌を背中の力で引き戻した亀が檜川に襲いかかった。

「……ふん」

すっと半歩左へずれた檜川が、木槌をかわした。

「まだまだ」

空を斬った勢いを利用して亀が追撃した。

「はっ」

今度は前へ踏み出して、檜川が一撃を避けた。

「ちょろちょろと……おとなしゅう当たらんかい」

苛《いら》立《だ》ちながら亀が木槌を振るった。

「なんの」

そのすべてを檜川がいなした。

「なんでやねん」

亀が焦った。

「当たらなければ、どうということもなかろう。触れられなければ太刀は折れまい」

「てめえ」

嘲弄《ちょうろう》する檜川に亀が顔を真っ赤にした。

「くたばらんかい」

渾身《こんしん》の力をこめて、亀が木槌を薙《な》ぐように振った。

「ふっ」

抜くような息を漏らし半歩下がって外させた檜川が、かわすなり大きく踏みこんだ。

「わああ」

目の前に迫られた亀が大声をあげた。

「大振りすぎて、動きがすべて読めるわ」

あきれながら檜川が太刀を突き出した。

「けふっ」

喉《のど》を貫《つらぬ》かれた亀が、咳《せ》きこむような音を最後に死んだ。

「ひえっ」

「小頭がやられた」

亀の後ろで匕首を構えていた無頼たちの腰が引けた。

「大事ないか」

鷹矢が檜川の安否を気遣った。

「かすりもいたしませぬ。あのような力まかせの技は、武芸を嗜《たしな》んでいる者には通じませぬ。目の付け所、足の位置、手首の返しを見ていれば、いつ、どこに、どのような攻撃が来るか、丸見えでございますゆえ」

檜川が問題ないと首を横に振った。

「そうか」

鷹矢がうなずいた。

「四神ということは、残り二人だな」

「となりますな」

殺した者、死んだ者のことを忘れ、鷹矢がこの先を思い、檜川が同意した。

「行くぞ」

「はっ」

四神二人がやられるのを見て、すでに腰の引けた無頼たちは逃げ散っている。鷹矢と檜川は、山のなかへと続く小道を慎重に進んだ。

鷹矢の後を追って来た浪の盾代わりに先に立たされていた弓江が止まった。

「勝手に止まりいな」

浪が弓江を怒鳴った。

「……っ」

弓江が激しく首を左右に振った。

「なんやねん……これはっ」

浪が弓江の三間ほど前に転がっている雀と亀の死体に気づいた。

「二人がやられた……」

浪が息を吞んだ。

「あかん、もし堂守さまになにかあったら……」

蒼白になった浪が、弓江の尻を叩いた。

「行け、行かんかいな。動けへんねんやったら、ここで殺すで」

震えている弓江を浪が前に押した。

「あれか」

木立の奥に板葺《いたぶ》きの屋根がちらと見えた。

「殿」

「わかっている」

制止するような声を出した檜川に、鷹矢は首肯した。

「ここまで来て、暴走はせぬ。最後まで任せる」

鷹矢は檜川の指図に従うと宣した。

「ご無礼をいたしました。では……」

進もうとした檜川が足を止めた。

「……どうした」

怪訝《けげん》そうに鷹矢が問うた。

「ご油断めさるな」

檜川が太刀を構えた。

「いい勘をしている」

木立のなかから、数人の浪人が現れた。

「また四神か。北の玄武と南の朱雀《すざく》は倒した。残りは、東の青龍《せいりゅう》か西の白虎《びゃっこ》」

鷹矢も緊張した。

「都の西、大道を守護する聖獣白虎である」

もっとも大柄な浪人が名乗りをあげた。

「玄武と朱雀は奇をてらいすぎた。武芸の王道は正統にありと何度か注意をいたしたのだが……」

白虎が嘆いた。

「四神となるに、力不足であったと認めるしかないな」

「…………」

しゃべりながら間合いを詰めてくる白虎に、檜川が無言で対峙した。

「大仰《おおぎょう》な物言いはもういい。さっさとどけ」

鷹矢が白虎に命じた。

「愚かなり、四神が守護する御方に刃向かったことを後悔するがいい。行け。虎ども」

「おう」

「ようやくじゃ」

白虎の後ろにいた浪人たちが刀を抜きながら、迫って来た。

「殿、わたくしはあやつに気を使いまするゆえ……」

「わかっている。雑魚《ざこ》はこちらで片付ける」

檜川の意図を鷹矢はしっかりと理解していた。

「たかが旗本風情が、虎と呼ばれる我らに勝てると……ぐえっ」

歯を見せて笑った最初の浪人の胸に布団針が生えた。

「これは、朱雀の針……」

「使えるものはなんでも使うのが戦いであろうが」

驚きで一瞬動きを止めた浪人の首根を鷹矢は刎《は》ねた。

「あああ……」

虎落笛《もがりぶえ》と呼ばれる空気を漏らすような声を最後に浪人が崩れた。

「きゃつ、卑怯《ひきょう》ぞ」

「飛び道具を、それも他人の武器を」

残った浪人二人が鷹矢を非難した。

「…………」

鷹矢は無言で右手を振りかぶって見せた。

「針が来るぞ」

「気をつけよ」

二人が刀を身体の正面に立てて防御の姿勢を取った。

「愚か者が、攻める勢いを殺されたことに気づけ」

白虎が配下の情けなさにため息を吐いた。

「あっ」

「やられたか」

二人の浪人があわてて刀を下ろし、鷹矢を睨《にら》みつけた。

「…………」

無言で鷹矢は右手を振った。

「おうわっ」

右側の浪人が焦って避けた。

「針……」

かろうじて外れた針の行方を左側の浪人が目で追った。

「偽《いつわ》りではなかったのか」

「むうう」

手裏剣は近づけば近づくほど、避けにくく、威力が増す。二間という剣の間合いに踏み入れてしまえば、まず必中、そして必殺になる。

浪人たちの勢いがより落ちた。

「愚かなのは、おまえだったな」

檜川が要らぬ叱咤《しった》をしたのはおまえだと白虎を挑発した。

「…………」

白虎が険しい目つきで檜川を見た。

「さて、そろそろ殿の邪魔を取り除くか」

檜川が太刀を青眼《せいがん》にし、切っ先を白虎の眉間《みけん》へと模《も》した。

「傲慢《ごうまん》なり」

眉間に狙いを付けるのは、おまえより格上だと宣言したに等しい。檜川の態度に白虎が怒った。

「いい加減に、その無理なまねを止めたらどうだ。食いつめ浪人が」

檜川がさらに煽った。

「ふふふ、きさまも同じであろう。禁裏付に尾を振って禄にありついたくせに」

白虎が言い返した。

「おかげで、拙者は武士だ。浪人ではない」

「むっ」

誇らしげな檜川に白虎が詰まった。

主君を持たない者は二本差していようが武士ではなく、浪人であった。浪人は町民であり、白虎は檜川に対等な口を利《き》ける身分ではなかった。

「ならば、見せてみよ。武士の力を」

白虎が太刀を大上段に変えた。

大上段は、太刀を己の頭上高く掲げる構えである。振り落とす力に刀の重さも加えた、まさに一撃必殺の攻撃を繰り出すためのものであった。

「………」

もう檜川も軽口を叩けなくなった。

二人の気配が周囲を圧し始めた。

「白虎さまが本気になった」

右の浪人が震えた。

「出るぞ、雷電の剣が」

左側の浪人が期待した。

「吾から目を離すなんぞ、考えられん」

それを見た鷹矢があきれた。

「見逃してやるほど、余裕はない」

鷹矢が遠慮なく斬りかかった。

「えっ、ぎゃあ」

最初に左の浪人を袈裟懸《けさが》けにし、返す刀で右の浪人を下から襲った。

「わあおう」

妙な声を出しながらも、右の浪人はなんとかこれをかわした。

「よく避けた。褒めてくれるわ」

だが、大きく体勢を崩し、構えも崩れている。とても反撃できない右の浪人を鷹矢は情け容赦なく斬り伏せた。

「ああ……」

空を摑むように手を前に出し、浪人が倒れた。

「他にはっ」

鷹矢はすばやく周囲に気を配った。

これも戦いを繰り返すうちに身についたものであった。

「……ないな」

ようやく鷹矢が太刀を下げた。

「頼んだぞ、檜川」

鷹矢は檜川と白虎の戦いに手を出すだけの技量が己にないと知っていた。技量不足の者が手助けをしようとして、かえって足手まといになることはままある。

「邪魔は入れさせぬ」

この場での役目は、二人の戦いに余計な手出しをさせないようにするだけだと鷹矢は、檜川の背中の守りに専念した。

「…………」

配下を鷹矢が倒したとわかった檜川が動いた。

「来るな」

白虎も応じて左足を前に踏み出し、腰を落とした。

「居合いの構え……」

すでに刀は抜いている。しかし、白虎の構えは居合いのものに見える。檜川が少し戸惑った。

「神変抜刀流《しんぺんばっとう》は千変万化。刀の鞘《さや》に納まる納まらずを問わず、一撃必殺。決して抗《あらが》うことかなわず」

白虎が嘯《うそぶ》いた。

「笑わせる。流派の名前を口にできる身分ではなかろう。剣とは義でなければならぬ。そなたになんの義がある」

檜川が鼻で笑った。

「坊主か、おまえは。剣に義などない。剣はただ殺し合うための道具であり、技である。剣に義を持ち出すのは、強者に脅える弱者の証ぞ」

「精神《こころ》の修業から逃げた者の言いわけだな」

重ねて言い返した白虎の論理を檜川が一蹴した。

「ならば、その身で味わえ」

白虎が飛び出すようにして前へ踏み出し、太刀を横殴りに送った。

「型どおり」

読んでいた檜川が一歩退いた。

「その動き、吾が範疇にあり」

にやりと笑った白虎が横殴りの太刀を跳ねあげるように斬りあげた。

「はああ」

大きく首をそらして檜川がこれを避け、盛大にため息を吐いた。

「なんだとっ」

連撃に空を打たされた白虎が顔色を変えた。

「格下の獲物ばかり相手をしているから、腕が鈍《にぶ》る」

檜川が冷たく言い捨てた。

「なにを抜かす」

白虎がふたたび太刀を戻し、大きく踏みこもうとした。

「だから、もう読んでいると申したであろう」

踏み出された白虎の左足を檜川が右足で踏みつけた。

「痛っ」

白虎が足を引こうとした。

「足と命、どちらが大事か、わからぬとはな」

落胆しながら、檜川が太刀を突き出した。

「えっ」

攻撃に出ようとしていた体勢を自ら崩した白虎は、檜川の一撃を抵抗なく受け入れるしかなかった。

白虎の腹に刃が突き立った。

「…………」

無言で檜川が後ろへ跳びすさった。伴って檜川の太刀が白虎の腹から抜けた。

「ぐおうう」

白虎が傷口を押さえて呻《うめ》いた。

「腹をやられては助からぬぞ」

見守っていた鷹矢が白虎に声をかけた。

剣の戦いでもっとも悲惨なのが腹の傷であった。首や太い血脈をやられれば、苦しむ間もなく即死する。腕や足ならば、うまく血止めすれば助かる。

だが、腹の傷はどちらでもなかった。

腹をやられても肝の臓でなければまず即死はなかった。しかし、しっかりと傷は身体のなかにあり、それを治療できる医者はいない。腹をやられた者は、高熱にのたうち回って、数日で死ぬ。

「どうだ、死ぬ前に善を天に積まぬか。少しは来世もよくなるぞ」

鷹矢が白虎に改心を勧めた。

「舐めるなあああ」

白虎が怒鳴った。

「今更菩提《ぼだい》を願ってどうなるものか。十三歳で親を殺したのだ。地獄へ行くのは覚悟の上だ。だが、一人では行かぬ。きさまらも道連れにして……」

すっと間合いを詰めた檜川が、動き出そうとした白虎の首を一刀で刎ねた。

「未練なり」

「悪党ほど命汚い」

檜川が吐き捨てた。

「見事というか、そなたは強いな」

己にはほとんど見えていなかった白虎の撃を軽々と避けた檜川に、鷹矢は感心した。

「もちろん見えてもおりましたが、あの手の技は型がございまして、続けてどう来るかは予想できまする」

檜川が首を左右に振った。

「たしかに、あの男はそこいらの道場で師範代くらいは務まりましょう。ですが、そこまででございまする」

「師範代止まり……」

「はい。その上を目指すならば、学んだ型を一度捨て、己なりに組み替えなければなりませぬ。その努力ができる者、いえ、その努力を実らせることができた者だけが、剣術の奥義に至りまする」

檜川が語った。

「そこまで行くのは……」

「今まで百をこえる弟子を取りました。そのうち師範代までのぼれる器量を持っている者は二十ほどおりましたでしょうか。ですが、最後まで至れる者は……一人もおりませんでした」

鷹矢の問いに檜川がため息を吐いた。

「であろうな。でなければ世のなか、なにかの達人ばかりだ」

「たしかに」

檜川が苦笑した。

「さて、四神のうち三人を片付けた。残るは一人」

「東の青龍のみ」

鷹矢の言葉に檜川が応じた。

二

朝廷の雑仕、仕丁というのは、かなりいい加減なものであった。

さすがに天皇、中宮《ちゅうぐう》、内侍《ないし》などの所要を嫌がることはないが、それ以外の公家への対応にはかなり差があった。

「これを」

「へいっ」

二つ返事で引き受けるのは、いつも金やものをくれる公家だけで、

「頼むでおじゃる」

「………」

渋い公家や貧しい公家の用は聞こえていない振りで無視をする。

そうしないと食べていけないほど扶持が少ないから無理はなく、公家たちもそのあたりは理解している。

こういった事情もあり、仕丁や雑仕の誰が今朝廷へ出仕しているか、休んでいるか

などはほとんど気にされていなかった。

「これでよいか」

光格天皇が、一枚の紙を土岐に渡した。

「かたじけのうございまする」

宸筆《しんぴつ》を受け取った土岐が平伏した。

「行け、急がねばなるまい」

「はっ」

勧められた土岐が逆向きのまま膝行《しっこう》して御前を下がろうとした。

「ああ、典膳正にな」

光格天皇が土岐を呼び止めた。

「貸し一つじゃと伝えよ」

「承知仕りましてございまする」

聞いた土岐が口の端を緩めた。

「……走るか。まったく、年寄りをこき使うてくれるわ。わいも貸し一つもらわな、割りが合わんわ」

御所を出た土岐が、風のように走った。

白虎を倒したところで、檜川は鷹矢に休息を求めた。

「少し、手足の疲れを抜きたく存じまする」

「……わかった」

一瞬逡巡《しゅんじゅん》した鷹矢だったが、連戦しているのは檜川である。鷹矢は受け入れた。

「殿、お飲みなさいませ」

檜川が懐から竹筒を出した。

「大事ない、喉は渇《かわ》いておらぬ」

「いけませぬ。水気を取っておかなければ、いざというときの動きが鈍りまするし、咄嗟《とっさ》の判断にも狂いが生じかねませぬ」

断った鷹矢に檜川が竹筒を押しつけた。

「吾より、そなたが飲まねばなるまい」

「はい。ですから一口だけでご辛抱くださいませ」

あまり飲むなと檜川が釘を刺した。

「わかった」

鷹矢は竹筒を受け取り、口に水を含んだ。

「あ、ああ」

思わず吐息が漏れるほど、水はうまかった。

「渇いておりましたでしょう」

「であったな」

言われた鷹矢は気づかなかった未熟に苦く笑いながら、竹筒を返した。

「……では」

檜川が水を呷《あお》った。

「うまい」

竹筒から口を離した檜川が感嘆の声を出した。

「さて……」

もう一度竹筒に口を付けた檜川が、柄糸《つかいと》に向かって霧を噴いた。

「湿らせて、紐を締めまする」

檜川が説明した。

「吾もしたほうがよいか」

「はい。どうぞ」

訊いた鷹矢に檜川が竹筒を渡した。

「……ふう」

鷹矢も柄糸を濡らした。

「では、参りましょう」

檜川が鷹矢を促した。

「うむ」

重く鷹矢が首肯した。

青龍こと龍は、逃げてきた連中によって三人の同僚が倒されたと知っていた。

「侍相手には厳しい技しかない雀はしかたないにしても、亀や白虎までとなると、ちと面倒じゃな」

龍が苦い顔をした。

「どないします、小頭」

配下の無頼が龍に問うた。

「弓はあったな」

「へい、一張りだけですけど」

問われた無頼が答えた。

「遣えるか」

「わたいはあきまへんが、讃岐《さぬき》のやつがもと猟師で弓を扱っていたはずで」

確認された無頼が首を横に振った。

「そうか。では、讃岐に弓を持たせて、あの木のなかほどまで登って、そこから狙わせよ。ただし、こちらが合図をするまでは、決して撃たせるな」

「承知しやした」

青龍の指図を無頼が受けた。

「残りは、槍を持て」

「へい」

三人の無頼が地面に転がしてあった槍を手にした。

「ちゃんと確認しろ。柄にひびは入ってないか。ゆがんでないか。いいのを使え。数だけはある」

　青龍に言われて、無頼たちが槍を吟味《ぎんみ》し始めた。

「選んだら、小道を挟むように左右に一人ずつ。正面に一歩退いて一人が付け」

「わかりやした」

　配置に無頼たちが付いた。

「まず、左右で牽制しろ。無理に仕留めようとするな。敵を真ん中に集めるくらいのつもりでおれ。真ん中にいるのは、淡路《あわじ》だな。淡路は左右の槍に抑えられて、足が止まった敵の胸を狙え」

　戦法を青龍が教えた。

「首や頭を突こうとするな。小さいところは、少し動くだけで外れる。でかい胴体をしっかりと狙え」

「合点で」

　淡路と呼ばれた無頼がうなずいた。

「配置につきやした」

　最初の無頼が弓の準備ができたことを報告した。

「よし、おめえはそこに残っている槍を適当に投げつけろ」

「適当にでやすか」

最初の無頼が怪訝な顔をした。

「そうだ。当てようとしなくていい。相手の気を逸《そ》らすだけだ」

「それくらいならできやしょう」

説明を受けた無頼が納得した。

「全部使っていい」

「六本もありますぜ」

「かまわぬ。どうせ、さほどのものではない」

確認した無頼に青龍が応じた。

「では」

無頼が槍を抱えて投げつけやすいところへと移動した。

「おいらたちに当ててくれるなよ」

「気は付けるがよ、当たったら勘弁な」

無頼同士が軽口を叩いた。

「来たぞ」

青龍が気持ちを引き締めろと言った。

小道の出口まであと八間（約十四・四メートル）といったあたりで、檜川と鷹矢の目の前が開けた。

「しっかり待ち構えているな」

「当然でございましょう。でなければ、敵にもなりませぬ」

鷹矢の一言に檜川が反応した。

「槍とはまた面倒なものを持ち出した」

無頼たちの手にあるものを見た鷹矢が眉間にしわを寄せた。

「気になさることはございませぬ」

檜川が否定した。

「あの連中の構えをよくご覧くださいませ。腰が引けておりましょう。あれは槍の持ちかたを知らぬ証拠。あれで突かれたところで、まず深く刺さることはございませぬ」

「そうなのか」

鷹矢が確認した。

「ただし、目や喉をやられたら別でございますが」

「危ないではないか」

平気な顔で言う檜川に、鷹矢があきれた。

「目や喉だと少し首を振るだけで避けられまする。よく、穂先を見ておられればよいことでございますぞ」

檜川が弟子に注意するように言った。

「わかった」

鷹矢も命は惜しいし、無駄な怪我などしたくはない。鷹矢は素直に首を縦に振った。

「では、まず、わたくしが」

そう言うなり、檜川が走った。

「おおっ」

その速さに鷹矢が出遅れた。

「わあっ」

「こいつっ」

不意に突っこんできた檜川に、左右で槍を構えていた無頼たちが焦った。

「くらえっ」

「やあ」

あわてて二人が槍を突き出した。

「馬鹿が、早いわ」

見ていた青龍がため息を吐いた。

「せいっ、とうっ」

届かず目の前で伸びきった槍を檜川が太刀で払った。

「えっ」

「……………」

けら首から先を失った槍に、二人の無頼が呆然となった。

「お任せいたす」

「おうよ」

ただの棒になった槍の間を檜川が抜けた。

「あっ」

「逃がすかっ」

戦っている最中に素人がよく犯す失敗をしっかり二人の無頼もやった。

一応の封鎖を破った檜川に気をとられ、その後ろ姿を追って身体の向きを変えてしまったのだ。

「ありがたし」

女を攫うような連中に卑怯者と罵《ののし》られる筋合いはない。鷹矢は二人の無頼の後頭部を続けざまに割いた。

「…………」

後頭部は人体の急所中の急所である。盆の窪をやられた二人の無頼は、悲鳴さえ漏らせず即死した。

「くそっ」

青龍が舌打ちをした。

「投げろ」

「へ、へい」

二人の手練と容赦のなさに唖然《あぜん》となっていた槍投げの無頼が、青龍に言われて吾に返った。

「えいっ、おうや」

無頼が槍を投げた。

「ちいっ」

刺さらないとわかっていても、目の前に飛んでくる槍を無視はできない。檜川が太刀を振るって、槍をはたき落とした。

「淡路、突け」

続けて青龍が指示を出した。

「くらえっ」

淡路が槍を真っ直ぐに檜川へ繰り出した。

「なんのう」

檜川がこれを右へ身体を傾けて避けた。

「殴れ、淡路」

青龍が槍の柄で檜川を叩けと指示した。

「このやろう」

淡路が槍をそのまま横に振った。

「このていど」

さっと檜川が左脇に槍の柄を挟んだ。

「動けまい」

「放しやがれっ」

動きを止められた淡路が必死で槍を抜こうとしたが、しっかりと押さえつけられておりびくともしなかった。

「なにをしている、投げ続けぬか」

仲間と交錯している檜川への攻撃をためらっていた槍投げの無頼を青龍が怒鳴りつけた。

「……へい」

それでもためらった槍投げの無頼だったが、青龍に睨みつけられて手の槍を振りかぶった。

「そりゃああ」

槍が投げられた。

「ふん」

檜川が身体を傾けてこれを避けようとした。

「讃岐、射よ」

青龍が叫んだ。

三

「…………」

矢が檜川を目がけて飛んだ。

「……しまった」

動きを押さえている、つまり己の動きも制限されている。檜川が咄嗟に身体をひねったおかげで、致命傷にはならなかったが、矢が左肩口を射貫いた。

「檜川っ」

鷹矢が駆け寄ろうとした。

「お気を付け……弓が」

痛みに耐えて、檜川が警告を発した。

「放て」

青龍が合図した。

「…………」

矢が鷹矢に向けて発射された。

「ふん」

飛んできた矢を鷹矢が太刀で払った。

「どこから撃ってきているかわかれば、さほどの難事ではない」

鷹矢は檜川を襲った弓がどこから射られたかを確認していた。

「続けよ」

「…………」

途切れず、二の矢、三の矢が襲い来たが、そのすべてを鷹矢は防いだ。

「……矢が尽きやした」

讃岐が五本射たところでここまでだと告げた。

「やむを得ぬ」

青龍が前に出た。

「淡路、押さえておれよ」

右手を後ろに回した青龍が、淡路に命じた。

「は、早くしておくんなさい」

目の前で矢を突き立てた檜川が鬼のような形相で睨んでいるのだ。淡路が泣きそうな声を出した。

「……ああ」

うなずいた青龍が、後ろに回した右手を垂らした。

「あれは鉈《なた》か……」

鷹矢が目を剝いた。

それほど青龍の手にある鉈は巨大であった。

「知らぬか。これは鉈ではない。兜《かぶと》割りよ」

「兜割り……」

鷹矢が首をかしげた。

「戦国のころ、膂力《りょりょく》に優れた武将が好んで使ったという兜割り。太刀など絡んだだけで折る厚さ、兜の上からでも頭を叩き割れる重さ。兜割りの一撃は防げぬ」

青龍が兜割りをひらめかせて見せた。

「亀とかいう愚か者が使っていた木槌と同じか」

「あんな無粋なものと一緒にするな。木槌ならばかすったところで怪我はすまいが、兜割りは刀以上の切れ味も持つ。触れただけで皮膚は裂け、肉は削れ、骨は割れる」

嘲《あざけ》って見せた鷹矢に青龍が兜割りを構えることで応じた。

「殿、ご注意を。あの重さのある鉈を片手で振り回すだけの力を持っておりまする。まともに受けては太刀が保《も》ちませぬ」

痛みを我慢しながら、檜川が忠告した。

「ああ」

緊張で鷹矢は短い応答を返すのが精一杯であった。

「地獄で誇るがいい。洛中最強の四神、その守護する南、北、西の三方角を落としたのだ。閻魔大王どのも配慮してくれるだろう」

青龍が兜割りを振りかぶった。

「…………」

鷹矢は太刀を中段にして、青龍の出方を見た。

「無駄な抵抗をするな。一撃で片付けてくれる。苦しまずに逝《い》かせてやろう」

青龍が間合いを詰めた。

兜割りは鉄を叩き潰すという目的のため、その刀身は肉厚になる。当然、重量も並の太刀数本分に至るため、長さが犠牲になる。

つまり、間合いは太刀よりも短くなるため、どうしても一歩踏みこまなければならない。

「来ぬのか」

太刀の間合いに踏みこんだところで青龍が鷹矢を誘った。

「……………」

鷹矢は乗らなかった。

「相手が届かないところから攻撃できる利を捨てるとはな」

嘲弄を浮かべながら、青龍が一歩さらに踏みこんだ。

「はっ」

鷹矢が太刀を薙ぐようすを見せた。

「ふん」

青龍が迎え撃とうと兜割りを振った。

「虚だと見えてないのか」

太刀を途中で止めた鷹矢が、兜割りで空を斬った青龍にあきれた。

「きさまっ」

からかわれたと気づいた青龍が険しい顔になった。

「やはり亀と同じではないか。力任せしかできぬ。少し、あやつより頭が使えるようだが」

鷹矢が笑った。

「あんなのと一緒にするな」

青龍が大声を出した。

「死ね」

怒りのまま青龍が兜割りを振り回した。

「右へ、右へとお避けなされよ。右手に握られている兜割りは短く、左側にまで届きませぬ」

「わかった」

檜川の助言を鷹矢は実行した。

「こいつっ。危ない」

当てようと思いきり振り回した青龍が、己に兜割りが触れそうになり慌てた。

「力はあるが、御《ぎょ》しきれてない。抜かないのか」

鷹矢が機を窺《うかが》った。

「くそっ」

また袈裟懸けにしてくれると青龍が兜割りを鷹矢へぶつけようとした。

「ふん……」

「同じことを」

己の右へ避けようとした鷹矢に青龍が口の端を吊り上げた。

「これでもくらえっ」

青龍が右足で鷹矢を蹴った。

「なっ……ぐっ」

無理矢理の体勢からの蹴りだっただけにかわせなかったが、幸い体重が乗っておらず、吹き飛ばされずにすんだ。

「浅かったか。まあ、いい。これで足が止まっただろう」

青龍が不満げながらうなずいた。

「……ちっ」

まともに入ってはいないとはいえ、腹を蹴られた鷹矢は呼吸を乱していた。

「手こずらせたな」

悠々と青龍が兜割りを掲げた。

「殿っ」

檜川が己を捨てて、駆けつけようとした。

「来るな」

声だけで檜川を制し、鷹矢が青龍目がけて太刀を投げつけた。

「無駄だ」

青龍が兜割りで太刀を払った。

「馬鹿者だな、おまえは」

鷹矢が兜割りを横に振って、構えを崩した青龍の左へ突っこんだ。

「こいつっ」

青龍が慌てて兜割りを引き戻そうとしたが、鷹矢が早かった。

「お返しだ」

鷹矢が右拳で青龍の腹を殴った。

「……ぐっ。効かぬわ」

耐えきった青龍だが、筋に力を入れたため、兜割りを引き戻している右手も止まった。

「固い肉だ。なら、こちらは」

鷹矢が青龍の脇を潜《くぐ》るようにして後ろに回った。

「後ろか」

急いで青龍が身体を回そうとした。

「ぬん」

腰を落とした鷹矢が脇差を抜き撃った。その直後、兜割りが鷹矢の頭上を横に過ぎていった。屈んでいなければ、鷹矢の頭はざくろのように割れていた。

「ぐあああ」

尻の肉を横に断たれた青龍が苦鳴《くめい》を発した。

「……どうして」・

青龍が立てなくなって崩れた。

「尻の肉は座るより、立つのに使うそうだぞ」

鷹矢が言いながら、転がっている青龍の右手を斬った。

「あつう」

二の腕を割られた青龍が兜割りを手放した。

「小頭」

助けようと木の上から降りてきた讃岐と槍を投げていた無頼が駆け寄って来た。

「逃げ出せば追わぬものを」

鷹矢がもう戦えなくなった青龍を放置して、迎え撃った。

「喰らえっ」

槍投げの無頼が、投げずに槍を突き出した。

「……遅いわ」

手練れの遣う槍は穂先の動きが見えないほど速いといわれるが、素人だと槍の中心を維持できず、左右上下に重心をぶらせながらになる。そうなると槍の速さは半減し、狙いは大きく狂う。

鷹矢は余裕で切っ先を避け、そのまま前へ踏み出して脇差を振った。

「ぎゃっ」

絶叫した槍投げの無頼が胸を裂かれて沈んだ。

「……やろう」

弓を捨てた讃岐が、匕首を握りしめて迫って来た。

「間合いを考えろ」

短いとはいえ脇差と匕首では刃渡りが違う。

「………」

鷹矢が真っ直ぐに出した脇差に、走ってきた讃岐が自ら身体をぶつける形になり、首を貫かれ、声も出せずに絶息した。

「……おのれ、おのれ」

なんとか立ちあがろうと青龍がしているが、それを鷹矢は無視した。

「おいっ」

まだ檜川に槍を当てている淡路に鷹矢が脇差を向けた。

「ひえええ」

仲間がやられたのを見ていたのもある。淡路が槍を捨てて逃げ出した。

「……檜川」

倒れずに立っているが顔をゆがめている檜川に鷹矢が駆け寄った。

「申しわけございませぬ。このような失態を犯し」

役に立てなかったと檜川が詫びた。

「いや、それはいい。なにより矢を抜かねばならぬ」

「はい。ここならば血の筋もございませぬゆえ、そのまま抜いて下されば」

あわてる鷹矢に檜川が落ち着いて述べた。

「返しがあるではないか」

刺さったら抜けないよう、鏃《やじり》には返しが付いていた。無理に抜こうとすれば、肉が裂け、大きな傷を作る。

「構いませぬ。早くいたさねば、鏃に肉が巻き付き、より面倒になりますゆえ」

右肩に矢が刺さっている。檜川が無理して左手で抜けないわけではないが、刺さっている角度などが摑みにくく、方向をまちがえてはよりまずい。

「お願いできましょうや」

「……任せろ」

頼まれた鷹矢が矢を摑んだ。

「一気にお願いをいたしまする」

「わかった」

もう一度念を押した檜川に鷹矢がうなずいた。

「……むっ」

「ぐっ」

鷹矢が一気に矢を抜き、檜川が小さく呻いた。

「動くなよ」

懐から手拭いを出した鷹矢が、檜川の肩を手拭いで巻いた。

「かたじけのうございまする」

処置を受けている檜川が礼を口にした。

「いやあ、美しい主従の姿ですなあ」

二人の背後から称賛の声と手を叩く音がした。

「なにやつ」

「寝ておりましたので遅れましたが、四神の飼い主でございまする」

振り向いた鷹矢の目に、御堂の縁側に姿を見せた砂屋楼右衛門が映った。

四

怪我を負った檜川をかばうように鷹矢が前に立った。

「おまえが頭領か」

「砂屋楼右衛門と申しまする。お見知りおきくださいませ」

言われた砂屋楼右衛門が商人らしく、腰を折った。

「布施どのを返せ」

「……布施さま、ああ、あの女性《にょしょう》でございますか」

わざとらしく一度首をひねった砂屋楼右衛門が手を打った。

「とぼけるな。さっさと布施どのを戻せ」

鷹矢が険しい表情で要求した。

「怖いお顔でんなあ」

不意に砂屋楼右衛門の雰囲気が変わった。

「きさまっ、それが素か」

鷹矢が睨んだ。

「ですわ」

うなずいた砂屋楼右衛門が笑いを浮かべた。

「さっきのお話ですけどなあ、女は返せまへん」

「なんだと。きさま、攫っておきながら……」

「四神を壊された代償をもらわんと、割りが合わんですよってな」

憤る鷹矢を砂屋楼右衛門が遮った。

「そちらから手出しをしてきたのだろうが。襲って返り討ちになったからといって、文句を言うな」

鷹矢が理屈に合っていない砂屋楼右衛門の言葉にあきれかえった。

「仕事ですねん」

「……仕事。誰に頼まれた」

「言うわけおまへんやろ。闇を殺すに庖丁は要らぬ。客の名前を訊けばええ、ちゅう言い回しがあるのをご存じおまへんようで」

依頼主を問うた鷹矢に砂屋楼右衛門がおどけながら拒んだ。

「仕事とはいえ、女を拐かすなど、恥ずかしいとは思わぬのか」

「女を拐かすていどで恥ずかしがってたら、闇はやってられまへん。人を殺し、女をいたぶり、子供を売り飛ばす。世間がせえへんことをするのが闇。やからこそ、需要がおますねん」

責める鷹矢に砂屋楼右衛門が反論した。

「子供を売るだと……」

「ええ値になりますんやで。もちろん、女のほうが高《たこ》う売れます」

「外道が」

平然としている砂屋楼右衛門に鷹矢が嫌悪感をあらわにした。

「人でっせ。斬れば赤い血が出ますしな。米も喰えば、病にもなる。人とまったく同じですわ」

「やってることが違うだろう」

「違いますかいな」

はてと砂屋楼右衛門が首をかしげた。

「徳川家康はんとどこが違いますねん。主君だった太閤秀吉《たいこうひでよし》はんの息子をだまし討ちにするようにして天下を奪い、殺しはった。わたいらなんぞ比べものにならん悪人ではおまへんか。わたいらいくら殺したというても、百には届きまへん。家康はんは何万、いや何十万の命を奪いはった」

「一緒にするな。神君家康公は、天下に安寧をもたらすため、戦われたのだ」

旗本として、家康の悪口は聞き捨てならない。鷹矢が否定した。

「おもしろいことを言いはりまんな」

口を開けて砂屋楼右衛門が笑った振りをした。

「争いをなくすためやと」

「そうだ。家康公が天下を取られたことで乱世は終わり、泰平の日々が来た」

確かめるような砂屋楼右衛門に鷹矢が胸を張った。

「泰平ねえ。なら、なんで朝廷に政を返しはらへんので」

「朝廷に乱世を治める力がないからだ」

「今は泰平でっせ。さっき、あんたはんが言いました」

「うっ」

鷹矢が詰まった。

「天下のうまみをよう放さんのですやろ。一緒ですがな、わたいらと。人を抑えつけて稔《みの》りを奪う。将軍と闇、どこに違いがおます」

「一緒にするな」

「殿、落ち着かれませ」

まともに相手をしている鷹矢に檜川が口を挟んだ。

「無駄話をしている。それはあきらかに時間稼ぎでございまする」

「はっ、そうか」

檜川に言われて、鷹矢が気づいた。

「ばれましたかいな。まあ、よろし、間におうたみたいやしな」

砂屋楼右衛門が満足そうに口の端を吊り上げた。

「堂守さま、遅くなりました」

小道の出口に浪が弓江を引きずりながら立っていた。

「この女がなかなか歩こうとしまへんので」

憎々しげに浪が弓江を蹴った。

「止め。値打ちが下がる」

砂屋楼右衛門が浪を止めた。

「布施どの、大丈夫か」

鷹矢が走り寄ろうとした。

「殺すで」

浪が簪《かんざし》に見せかけていた小柄《こづか》のような刃物を弓江の首へ当てた。

「……うっ」

鷹矢が動きを止めた。

「刀を捨て」

浪が鷹矢たちに命じた。

「…………」

「従いや。でないと浪は気が短い。喉に刃物が刺さってからでは遅いんやで」

砂屋楼右衛門が他人事のように言った。

「……わかった」

鷹矢が脇差を捨てようとした。

「なりませぬ。殿」

檜川が止めた。

「おい、どうしたと」

鷹矢が檜川の言葉に驚愕した。

「あの者どもは、布施さまを害せませぬ」

檜川が断言した。

「布施さまに万一があれば、あの者どもは人質を失いまする。そうなれば、女はもとより、あの砂屋と申す男も殿の敵ではございませぬ」

「切り札だと」

「はい」

確かめるように訊いた鷹矢に檜川がうなずいた。

「舐めるんじゃないよ。こんな女なんぞいなくてもおめえらごときは、この夜叉《やしゃ》の浪さまが……」

先ほど茶店で応対したときとは真反対の姿を浪が見せた。

「それが本性か」

鷹矢が余裕を取り戻した。

「口まで達者とは面倒な用心棒や。まったく、あれくらい始末せんかい、青龍」

砂屋楼右衛門がまだ生きて呻いている青龍をたしなめた。

「…………」

血を流しすぎたのか、青龍は応えなかった。

「やれやれ、次はもうちょっとましな四神を創らなければあかんわ」

砂屋楼右衛門がため息を吐いた。

「悠長なことを」

鷹矢が浪を無視して、砂屋楼右衛門に向かった。

「待ちや。さもないとほんまに殺すで」

浪が叫んだが、鷹矢は相手にしなかった。

「お浪、その女を裸に剝き」

迫る鷹矢を気にせず、砂屋楼右衛門が命じた。

「武家の女や。他人前で裸になんぞされてみい。助けられても生きてはいかれへん。後で自害するしかなくなる」

「なんだとっ」

鷹矢が止まった。

「わたいらは殺さへん。あの女を死なすのは、おまはんや」

にやりと砂屋楼右衛門が笑った。

「はいな」

首肯した浪が弓江の帯に手をかけた。

「ああ、お浪。まずは轡《くつわ》を外したげ。どんな気持ちで脱がされるのか、自分で言いたいやろうしなあ」

嫌らしい顔を砂屋楼右衛門がした。

「あい、あい」

喜んで浪が轡をずらした。

「布施どの。ご無事か」

「東城さま、申しわけございませぬ」

大丈夫かどうかを尋ねた鷹矢に弓江が頭を垂れた。

「詫びずともよい。悪いのはこやつらだ」

「悪いのはわたくしどもでございますとも。ですからこうしてさしあげますわ」

茶屋のときの口調に戻った浪が、弓江の帯に手をかけた。

「なにをするか」

弓江が身をよじって逃れようとした。

「動いてもよろしいんか。風が起こりますえ。風が起こればそれに乗って、臭《かざ》も流れますで」

浪が囁いた。

「……っ」

弓江の表情がゆがんだ。

「かざ……」

聞き慣れない語に鷹矢が戸惑った。

「臭《にお》いですわ」

砂屋楼右衛門が解説した。

「……臭いだと」

「そらしますやろう。昨日からずっとしばったままですから。垂れ流しっちゅうやつですわ」

「……………」

弓江が俯《うつむ》いた。

「それがどうした。人は生きているかぎり、出るものであろうが。それこそ、布施どのが生きていた証である」

鷹矢が当たり前だと言い返した。

「男はんにはそうでも、女には、とくに好いた殿御の前で、下の話をされるのは耐えがたいことでおますえ」

浪が女らしさを前面に出して、身体をくねらせた。

「好いた……」

鷹矢が弓江を見た。

「……………」

弓江が真っ赤になっていた。

「どういうことだ。布施どのは安藤対馬守さまの命で……」

「鈍い男は嫌われますえ」

浪が息を吐いた。

「……そうなのか」

ここまで言われては鷹矢も気づく。

「惚れてくれてる女の裸、見てみたいですやろ」

もう一度浪が下卑《げび》た笑いを見せた。

「……じっとしいや」

浪が弓江の帯を解き始めた。

「ああ、舌嚙みたかったら嚙んでもよろしいで。あんたはんが死のうが、死ぬまいが裸には剝きますよってに」

下手な足搔《あが》きを止めた弓江に浪が釘を刺した。

「生きてたら、股や乳を見えないように身をよじれるけど、死んだら大股開きでご開帳になりますえ」

浪が弓江の自害を邪魔した。

「死してまで辱《はずかし》める気ですか。それでもあなたは女なの」

弓江が浪を非難した。

「見ての通り、あんたはんより女でおます。男はんも知らんと女やと言われても……」

浪が鼻で笑った。

「相手にするな」

鷹矢が割って入った。

「邪魔しはりますのん。ほな、あたしにも考えがおますえ」

京言葉を使いながら、浪が手にしていた刃物で弓江の帯を切った。

「きゃあ」

帯留め、しごきごと切られた小袖がくつろげかけた。

「おや、意外と膨らんでますえ。楽しみですやろ」

「殿、もう動けまする」

浪の目が鷹矢たちからずれたときを狙って、檜川が小声で告げた。

「うむ」

小さく鷹矢がうなずいた。

「あの頭領をいかがなさいますか。布施さまをお救いするだけで終わらせますか」

「……討とう。このまま逃がしたら、また手を出してきそうだ」

続けて問うた檜川に鷹矢が答えた。

「では、わたくしが」

「大丈夫か」

利き腕が使えなくなっている檜川を鷹矢が気遣った。

「あのていど、片手で十分でございまする」

「頼む」

自信を見せた檜川に鷹矢が任せた。

「行くぞ」

「はっ」

二人が息を合わせた。

「はっ」

「おう」

鷹矢が浪へ、檜川が砂屋楼右衛門へと跳びかかった。

「あきまへん」

太刀を振りかぶった鷹矢と檜川に聞き慣れた声が制止をかけた。

「……土岐」

鷹矢が目を剝いた。

「やったらあきまへん」

土岐がかけ続けてきたのか浪の後ろで荒い息をしていた。

第三章　歴史の闇

一

霜月織部は鷹矢と檜川の後を付けている浪のさらに後ろを進み、全体が見渡せる木立の陰に潜んでいた。

「あの家臣はすさまじい遣い手だの。あやつがいると東城を討てぬ」

松平定信の手として鷹矢の援助と監視のために京へ派遣されたもと徒目付の霜月織部、津川一旗の二人だったが、その最後の役目は鷹矢の始末であった。

「もし東城が朝廷に籠絡《ろうらく》されるか、同情してお役目を忘れ果てたときには、けじめをな」

松平定信に忠誠を誓っている霜月織部らは、そのための情報採取も怠《おこた》ってはいなかった。

檜川と鷹矢の戦いを霜月織部はずっと見ていたが、助けようとはしていなかった。

「あのていどのこと、どうにかできねば、越中守さまのご期待に応えることなどおぼつかぬ」

霜月織部にとって鷹矢は松平定信の道具でしかない。

「ほう、頭領と女も始末するようだな。冷静に事後の判断ができているようだ。後腐れを残さぬ配慮……少しは使えるか」

それぞれ砂屋楼右衛門と浪へ迫った鷹矢と檜川を見て、霜月織部が満足そうな顔をした。

「なんだ」

そこへ土岐が登場した。

「あいつは、禁裏付役屋敷に出入りしている仕丁ではないか」

霜月織部が目を細めた。

飛びこんできた土岐が、まず浪の後ろから体当たりをした。

「きゃっ」

迫り来る鷹矢を警戒していた浪は、不意の衝撃を受け流せず、弓江を摑んでいる手を放して前へと倒れこんだ。

「土岐、助かった」

弓江が解放されたことに鷹矢が感謝した。

「お浪、来よ」

砂屋楼右衛門が浪を呼んだ。

「…………」

すばやく立ちあがった浪が砂屋楼右衛門へ駆け寄った。

「させぬ」

砂屋楼右衛門と対峙していた檜川が、左手一本で摑んだ太刀を浪へぶつけようとした。

「あきまへん、檜川はん」

土岐が鋭い声で檜川に指図した。

「檜川、待て」

理由はわからないが、土岐のことを信じて鷹矢が重ねた。

「……はっ」

主君の命は武士にとって、絶対であった。刀を引いて檜川が浪を通した。

「……堂守さま、申しわけございません」

浪がうなだれた。

「気にいたすな。四神が役立たずであったのもあるが、吾の見立てが甘かったのよ。あの者どもがあそこまでやるとは思わなんだ」

商人とは思えない厳粛な言葉遣いで砂屋楼右衛門が浪を慰《なぐさ》めた。

「だが、このままはすまさぬ。一度は敗退するが、かならずや復讐をなそうぞ。助けてくれるな、浪」

「もちろんでございまする」

ぐっと抱き寄せた砂屋楼右衛門に浪がすがりついた。

「…………」

砂屋楼右衛門がじろりと鷹矢たちをねめつけた。

「覚えておるがいい。そなたたちにもう安息の夜はない」

砂屋楼右衛門が脅した。

「ひとときの安寧、最後の夜を楽しむがいい」

言い捨てて砂屋楼右衛門が浪を抱いたまま御堂へ入ろうとした。

「待ちなはれ、もとの侍従《じじゅう》はん」

土岐が砂屋楼右衛門を呼び止めた。

「……きさま、なぜそれを」

砂屋楼右衛門が土岐を睨んだ。

「わたいの顔を忘れはりましたんか」

「……なんだと」

土岐に言われた砂屋楼右衛門が目をすがめた。

「あっ」

先に気づいたのは浪であった。

「閑院宮家の真名孤《まなこ》」

「真名孤……だと」

砂屋楼右衛門が驚いた。

「古い名を覚えてくれてはりますな」

土岐が苦笑した。

「なぜおまえが」

「今のわたいは御所付ですねん」

「閑院宮家の仕丁が御所へ……まさかっ」

「今上《きんじょう》さまにお仕えしとります」

口の端を土岐が吊り上げた。

「ああ、逃げてもよろしいけどな、今上さまがすべてをご存じでっせ。いや、今上さまだけやおまへん。五摂家も清華《せいが》も名家《めいけ》もあんたはんのことを知ってますわ」

「馬鹿な、誰も麿のことは知らぬはずじゃ」

「隠居して、八瀬の田舎へ引っこんだですか、あほらしい」

否定した砂屋楼右衛門を土岐が笑った。

「貧乏公家やったあんたはんが、金に魅入られて家督を息子に譲って、他人さんに言えないことをやってるなんぞ、とうからわかってまっさ。ただ、相手するほどやないから放っとかれただけや。千年をこえて続いてきた朝廷を、公家を舐めたらあかん」

「ではなぜ、今まで見過ごされてきた」

砂屋楼右衛門が疑問を呈《てい》した。

「簡単なこっちゃ。おまはんなんぞ、どうでもよかったからや。別段、皇位に手出しするわけやないし、摂家衆に近づくわけやないし。それにおまはんを片付けたところで、どうせ別の者がその座を奪うだけやろ。闇は消されへん」

「どうでもよかったと」

「そうや」

土岐が砂屋楼右衛門の確認に首肯した。

「ではなぜ、今になって出てきた」

「わからんか、おまはんの手出しが今上さまのお気に障ったからや」

「御上《おかみ》の」

砂屋楼右衛門が息を呑んだ。

「どうして、今」

「今上さまのお好みやからな、その禁裏付」

「馬鹿な、禁裏付を御上が……お目通りも叶うまいに」

砂屋楼右衛門が驚愕した。

「闇に浸《つ》かっている間に、大事なことも忘れたんやな。お目通りはでけへんでも、お庭拝見はでけるで」

「……………」

土岐の話に砂屋楼右衛門が絶句した。

「なんだと」

聞き耳を立てていた霜月織部も驚いた。

「あとな、どういうところから禁裏付はんの命を奪えと頼まれたかはどうでもええねんけどな。今、禁裏付はんになんぞあったら困るんや。この禁裏付はんは、朝廷への理解が深くなりつつある。幕府の無茶な要求の壁とまではいかへんけど、簀《す》の子《こ》くらいにはなってくれてるんや」

「旗本がか」

「めずらしいやろ。そやからな……」

土岐が御堂へ近づいて、懐へ手を入れた。

「これを下された」

「……まさかっ」

砂屋楼右衛門が目を見開いた。

「ご宸筆」

「頭《ず》が高いで、もとの侍従。そこの諸大夫《しょだいぶ》の娘、おまえもじゃ」

険しい声で土岐が叱責した。

「はっ」

「ひいっ」

砂屋楼右衛門と浪が平伏した。

「二度と禁裏付に絡むなとのお沙汰《さた》じゃ」

土岐が告げた。

「それはできませぬ。わたくしも闇を率いる一人、依頼され、金も受け取っておりまする」

「そなたの矜持《きょうじ》ていどで今上さまの意に逆らうと申すか」

厳格な声で土岐が砂屋楼右衛門を窘《たしな》めた。

「…………」

砂屋楼右衛門が黙った。

「そうか。ではいたしかたあるまい」

土岐がため息を吐いた。

「そなたらの公家籍を削る」

「やむを得ませぬ」

公家の隠居ではなくすと言った土岐に砂屋楼右衛門が納得した。

「当然、侍従家と諸大夫家にもこの沙汰は及ぶ」

「なっ」

「そんな」

続けた土岐の言葉に、砂屋楼右衛門と浪が顔色を変えた。

「家にはなんのかかわりも……」

「ないと言う気か」

「うっ……」

土岐の指摘に砂屋楼右衛門が詰まった。

公家は血で繋がっている。そして血で続いてきている。武士よりも連座という点では厳しい。

「初代に遡って、公家の譜から消されるとの意である」

「あまりでございましょう」

先祖ごと地下人《じげにん》に落とすと言った土岐に砂屋楼右衛門が顔をあげて反論した。

「今上さまの意に沿わぬ者は、朝廷には不要である」

「きさまっ」

冷たく宣した土岐に、砂屋楼右衛門が激した。

「一族まで拡《ひろ》げたいか」

土岐がこれ以上手出しをすれば、連座は拡がると告げた。

「そうなれば、そなたらの名は残ろうな。公家の歴史千年でもっとも愚かな男と女としての」

「…………」

砂屋楼右衛門が頭《こうべ》を垂《た》れた。

「去りまする」

浪が落ちた。

「お浪、なにをっ」

裏切られたと砂屋楼右衛門が浪を見た。

「堂守さま、わたくしのために兄、妹を泣かせるわけには……」

力なく浪が首を横に振った。

「なにを言うか。その兄、妹からどれだけいじめられてきた。母親が雑仕女《ざっしめ》だというだけで、母屋での寝起きも許さず、食事さえまともに与えられなかった。それが辛いと飛び出したのではなかったのか」

砂屋楼右衛門が浪の両肩を摑んで揺さぶった。

「…………」

浪が目を閉じた。

「そやつらを見返してやる。そう申したであろうが」

「……はい」

消えそうな声で浪が認めた。

「あきらめるのか」

「主上のお言葉には逆らえませぬ」

もう一度揺さぶった砂屋楼右衛門に浪が首を横に振った。

「そのようなもの、どれほどの力がある。主上に力があれば、我らがこのようなまねをせずともよかっただろうが。かつて所持していた荘園の一つでも武家から取り返せれば……ぐえっ」

朝廷を、天皇を非難していた砂屋楼右衛門が苦鳴を発した。

「それ以上口にすることは許されぬ」

土岐が懐に隠していた小刀を砂屋楼右衛門の胸へ投げつけていた。

「朝廷がそのために動けば、武家は抗う。そうなれば世はまた乱れる。酷《ひど》い目に遭《あ》うのは民や。それをご存じやから、歴代の主上さまは忍んできはった。そのことに気づかぬとは、公家として足りんわ、おまはんは」

汚いものを見るような目で土岐が浪にもたれかかるようにして死んだ砂屋楼右衛門を見た。

「堂守さま……」

浪が息をしなくなった砂屋楼右衛門の頭を愛おしそうに抱いた。

「土岐、おぬし……」

「その娘も連れて帰っておくれやす。後ほど夕餉《ゆうげ》を馳走になりにいきまっさ。子細はそのときに。ほな」

事情を訊こうとした鷹矢をいなして、土岐が背を向けた。

「ああ、夕餉の献立ですけどな。そこのお嬢はんの豆腐の煮付け。それでお願いしますわ」

土岐が倒れている弓江を指さした。

「……すまぬ」

弓江への気遣いが足りていないことを土岐が鷹矢に指摘した。

「布施どの」

「お寄りくださいますな」

弓江が鷹矢を拒んだ。

「檜川、そっちの女を任せる」

「はっ」

鷹矢が浪を連れて禁裏付役屋敷へ戻れと指示し、檜川が受けた。

「では、帰ろうぞ」

「……えっ」

いきなり鷹矢に抱き上げられた弓江が驚いた。

「い、いけませぬ。汚れが」

「命があったのだ。恥くらい掻かれよ」

「女にとって恥は、命よりも重いのでございまする」

鷹矢の言い分を弓江が否定した。

「人なぞ、生きていてこそだ。死ねば、もっと恥を晒すことになる。なあに、布施どのの恥は、吾しか知らぬ」

「………」

弓江が黙った。

「生きていてくれてよかった。昨夜は身を切られる思いで眠れなかった」

鷹矢が囁いた。

「東城さま……」

「疲れた。屋敷に帰って風呂に入りたい」

「……わたくしも」

望みを口にした鷹矢に弓江が同意した。

二

騒動を収めた鷹矢は、夕餉まで眠った。

「土岐さまと枡屋茂右衛門さまがお出でてでございまする」

熟睡していた鷹矢は温子《あつこ》に肩を揺さぶられるまで目覚めなかった。

「もう夕刻か」

「はい。かなり前に七つ（午後四時ごろ）の鐘が鳴りました」

確認した鷹矢に温子が答えた。

「まだ寝たりぬ」

鷹矢が大きなあくびをした。

「お疲れさまでおました」

昨日以来、どれだけ鷹矢が苦吟《くぎん》してきたかを知っている温子が口調を和《やわ》らげてねぎらった。

「疲れたと言えるだけ幸せなのだがな」

もし弓江が死んだり、傷を負ったりしていたら、鷹矢は己で己を許せなくなっている。それこそ、どれだけ荒れたかわからなかった。

「…………」

無言で温子もうなずいた。

「布施どのは」

「まだお休みですわ」

問うた鷹矢に温子が述べた。

「寝かせてやってくれ。南條どの、いや温子どのに負担がかかるとわかってはいるが、頼む」

「当たり前のことでおますえ。典膳正はんに言われんでもそのつもりですわ」

温子が胸を張った。

「……着替える」

「お手伝いを」

当然のことと微笑む温子に一瞬見とれた鷹矢が勢いよく夜具から立ちあがった。すばやく温子が背中へと回った。

「………」

夜着代わりにしている浴衣を脱がされ、襦袢《じゅばん》を着せかけられ、小袖を肩にかけてもらった鷹矢が着替えを終えた。

外出するとき、武士は袴《はかま》をかならず着用するのが決まりであった。しかし、室内では袴をとって過ごすことが多かった。

「さて、向かおう」

「はい」

首肯して温子が先に立った。

勝手知ったる禁裏付役屋敷ではないが、土岐と枡屋茂右衛門はいつもの客間で待っていた。

「待たせたか」

「いえ、お茶をちょうだいいたしておりましたので」

「待ちましたで。もう、腹が北山ですわ」

詫びの意をこめた鷹矢に、枡屋茂右衛門が首を左右に振り、土岐が文句を言った。

「腹が北山とはなんのことだ」

奇妙な土岐の言い回しに、鷹矢が首をかしげた。

「都から見る北の山々は、空気が澄んでますよってによう見えますねん。山々が透いているようなというところから、空いていると。地口《じぐち》の説明さしなはんな」

土岐が苦笑した。

「そうか。土地が変わると言い回しも変わるな」

鷹矢が納得した。

「そろそろお膳をお運びしても」

温子が尋ねた。

「ああ、目が覚めたら腹が空いた」

鷹矢がうなずいた。

「では、ただちに」

笑いながら温子が台所へと下がり、まもなく膳を掲げてきた。

「どうぞ」

まず正客である枡屋茂右衛門の前、続いて土岐、最後に鷹矢のところへと温子が膳を置いた。

「おおっ。ちゃんと豆腐がおます」

土岐が膳に乗っている豆腐の煮物に喜んだ。

「これは……」

鷹矢が温子の顔を見た。まだ弓江は寝ていると聞いたばかりである。

「布施さまがお休みになる前に、お約束だからと」

弓江の手作りだと温子が告げた。

「どれどれ……」

主が箸を手にもしていないのを気にせず、土岐が豆腐を突いた。

「……へええ。やりまんなあ」

味見をした土岐が感心した。

「うまいのか」

鷹矢が興味を見せた。

「うましでございますがね。わたいが感心したのは、前と同じ味を出してるっちゅうこってすわ」

土岐が首を横に振った。

「どういう意味だ」

「わかりまへんか。あんなことがあったんや。並のおなごはんやったら、まず料理なんぞできやしまへん。できてもまともな味になるわけおまへんやろ。心が乱れまくってますねんから」

問うた鷹矢に土岐が述べた。

「なるほど」

「典膳正はん、気つけなはれや」

「なににだ」

鷹矢が怪訝な顔をした。

「ええ女やけど、嫁にしたら尻に敷かれまっせ」

「布施どのにか」

「違いまんがな」

確かめた鷹矢を土岐が否定した。

「両方ともですわ。南條の姫はん、そしてお武家の娘はん、どっちを嫁にしはっても典膳正はんをしっかりと支えてくれますやろけどな、その代わり手綱は握られまっせ」

楽しそうに土岐が笑った。

「むっ」

鷹矢がなんともいえない顔をした。

「そこで違うと言いはらへんということはですな。典膳正さまもどちらかを妻にされるおつもりですな」

黙っていた枡屋茂右衛門が口を挟んできた。

「それは……」

鷹矢が詰まった。

「逃げるおつもりもないんですやろう」

「……ああ」

枡屋茂右衛門に訊かれた鷹矢が認めた。

「それやったらよろしい。これでどちらも娶らず、他の女をとか言いはったら、おつきあいはここまでにさせてもらいましたわ」

ほっと枡屋茂右衛門が安堵した。

「わかっている」

鷹矢が首を縦に振った。

「うまい、うまい」

さっさと膳のうえに気持ちを戻した土岐が、箸を進めていた。

「土岐、話を聞かせてくれるのだろう」

「後にしておくんなはれ。結局昼はなんも食べられへんかったんですわ」

求めた鷹矢を土岐が制した。

「なんせ、お昼は正午の前後半刻（約一時間）ほどの間に食べんと、なくなりますねん。今日は南禅寺の裏まで行かされてたさかい間に合わず、もうなんも残ってまへんでした」

土岐がぼやいた。

朝廷では当番の仕丁、雑仕の食事が出た。といったところで麦入りの米と野菜の煮付け、漬物だけだが、貧しい仕丁や雑仕にとって、腹一杯食べられる貴重な機会であった。

「すまなかったな。気がすむまで喰ってくれ」

「遠慮はしまへんわ」

謝罪した鷹矢に土岐が飯をかきこむことで応えた。

「話を聞くとのことですけど、それはわたくしもお伺《うかが》いできますやろか」

枡屋茂右衛門が問うた。

「ここまで来て、外しはせぬ」

鷹矢がかまわないと言った。

「ありがとう存じます。では、先にわたくしの話を」

一礼した枡屋茂右衛門が言った。

「枡屋どのにも話があるのか」

鷹矢が目を大きくした。

「食べながらでよろしゅうございますやろか」

腹が空いている鷹矢を気遣いながら、枡屋茂右衛門が口を開いた。

「ああ」

鷹矢も箸を手にした。

「じつは……」

枡屋茂右衛門が朝、禁裏付役屋敷から自宅へ帰る途中で襲われた話をした。

「むっ」

聞いた鷹矢が目を吊り上げた。

「当たり前でんがな」

黙々と飯を食っていた土岐が淡々と告げた。

「吹けば飛ぶわたいみたいな仕丁と違いますで。枡屋茂右衛門というたら錦市場を差配する世話役であり、京の名刹、名家と縁のある絵師伊藤若冲や。敵に回したら、面倒ですがな。典膳正はんになんぞあってみなはれ、枡屋はんが動くのは目に見えてる。そうなったら町奉行所も動きまっせ」

「たしかにそうだな」

枡屋茂右衛門の影響力を買っている鷹矢が同意した。

「ここに今いるということは、大事なかったのだろうか……、吾の事情に巻きこんでしまったことを詫びる」

箸を置いて鷹矢が頭を下げた。

「従五位下典膳正という官位を持つお旗本さまが、町人に頭をそうやすやすと下げたらあきまへん」

思わず枡屋茂右衛門があわてた。

「迷惑をかけたならば謝る。子供でもそうするだろう」

鷹矢が当然のことだと言った。

「……これやから放っておけまへんねんなあ」

「そうや。珍しすぎるお武家はんやさかい」

嘆息する枡屋茂右衛門に土岐が深くうなずいた。

「さて、お訊きになりたいこともおますやろ。さっさと食べてしまいまひょうや」

土岐がまず食事を終えようと言った。

武士は米を喰う。商人は菜を楽しむ。そして貧乏仕丁は腹を満たせればなんでもいい。

「喰うた、喰うた。三日分は喰うたわ」

飯を五杯食べた土岐が箸を置き、代わりに腹をなで回した。

「ご馳走になりましてございまする」

一膳で終えた枡屋茂右衛門が、一礼した。

「満足してもらえたようでなによりだ」

やはり三杯の飯をお代わりした鷹矢が応じた。

「片付けをいたしまする」

膳を片付け、全員の前に白湯《さゆ》を配った温子が下がっていった。

三

「土岐……」

白湯で口を湿らせた鷹矢が土岐をうながした。

「…………」

一度土岐が瞑目した。

「朝廷に忍《しのび》がいたことをご存じでっか」

「忍が……知らぬ」

「なにやら噂を聞いたような気がいたしまする」

土岐の確認に鷹矢が知らないと言い、枡屋茂右衛門が噂だけはと答えた。

「しかし、今はおらぬのだな」

いたことと表した土岐に鷹矢が問うた。

「よくお気づきで」

土岐が褒めた。

「朝廷に忍がいたのは、足利家《あしかが》が将軍をしていたころまでで」

「足利が将軍とは、随分と昔の話だな」

「そらそうですわ。乱世になって地方の荘園をすべて武士と坊主に奪われてしもうては、忍を養う余裕もなくなりまっせ」

鷹矢の問いに土岐が応じた。

「なるほど」

「たしかに」

鷹矢と枡屋茂右衛門が納得した。

「かというて、なんもなしでは、朝廷だけが世間から遅れますやろ」

土岐が続けた。

「そこで天皇さまに近い宮家がそれぞれの仕丁、雑仕のなかから身の軽い者を選んで志能便《しのび》とすることになりましてん。まあ、宮家もできたり、消えたりしてますよって、途切れた筋もおますけどな。その途切れた筋を新たな宮家が受け継いだのが閑院宮で、朝廷五人の忍の一つ真名孤を抱えてきましたんや」

「それがおぬしか」

「そうなりまんなあ」

確かめた鷹矢に土岐が他人事のように答えた。

「真名孤というのは、目のことでございますかな」

「はいな。真名孤に菊未身《きくみみ》、香具華《かぐはな》、手那賀《てなが》、葦那賀《あしなが》。どれをどこの宮家が抱えているかは勘弁しておくれやす」

土岐が説明した。

「五感か。見る、聞く、嗅ぐ、触る……味わうがないぞ」

鷹矢が首をかしげた。

「忍に口は要りませんやろ。忍は見てきたこと、聞いてきたことなどをそのまま報告するのが仕事。己の意見は不要でっせ」

土岐が苦笑した。

「そのへんのことはまあいい。結局は、おぬしがその一人なのであろう」

「へえ。まあ、今は閑院宮家から御所へ移ったので、真名孤ではなくなりましたけどな」

土岐が認めた。

「今は主上さまにお仕えしてますねん」

「それで、吾を今上さまにお目通りさせたりできたのか」

鷹矢が裏の事情を理解した。

「まあ、そのへんはあんまり詳しく言えまへん」

真剣な目つきで、土岐が拒んだ。

「助けられた身だ。わかっている」

鷹矢がうなずいた。

「こっちとして聞きたいのは、あの砂屋楼右衛門という男についてだ」

「砂屋楼右衛門は、まあ、拗《す》ね公家ですわ」

「拗ね公家……」

土岐の言葉に鷹矢が首をかしげた。

「簡単に言うと、まあ、立場に満足できず、要らんことをやって気を紛らわせる。そうでんなあ、昔の傾《かぶ》き者《もの》やと思うてもらえば」

傾き者とは、派手な衣服や装飾を身に付け、法度《はっと》をわざと破ってみたり、そこまでいかなくても庶民へ迷惑をかけることを好んだ武士たちを言う。

「なんとなくわかったが……」

「まあ、あいつはちぃと特別ですわ。ほとんどの拗ね公家は、朝議をさぼったり、神社仏閣で罰当たりなまねをするくらいですよって、典膳正はんが気にしはるほどの者《もん》やおまへん」

「砂屋だけが特別だということか」

「あそこまでゆがむのはちぃと珍しいんですわ」

鷹矢の問いかけに土岐がため息を吐いた。

「詳しい名前なんぞは言えまへん。典膳正はんは禁裏付、朝廷目付でっさかい」

「そうはいかぬ、全部教えろと要求すれば……」

「話はここまでになりますわ」

土岐が断じた。

「わかった。話せるだけでいい。聞かせてくれ」

鷹矢が引いた。

「砂屋楼右衛門は、さすがに五摂家とは繋がりがおまへんけど、まあ大納言までのぼれる名門公家の流れですわ」

流れとは武家で言うところの分家になる。

「まあ、本人の家は参議を極官としてますねんけど、まあ公家としては上になりま」

参議とはその字の通り、朝議に参加できる身分であることを表し、諸大臣、大納言、中納言、少納言に次ぐ地位であった。

「ただ不幸やったんは、砂屋が当主であったとき、侍従までしかあがられへんかったんで。侍従が四位、参議は三位、父親を始めとする歴代当主には二段ほど届かんかった。それがあいつを拗ねさせましてん」

「そのていどのことで」

鷹矢がため息を吐いた。

公家にとって官位官職は、まさに命よりも重い。家によってあげられる最高の格は決まっているため、皆、なんとかしてそこまで行こうとする。

砂屋楼右衛門は、その手前で留められた。

「理由は知りまへん。ようある話ですし」

土岐が述べた。

豊臣秀吉という例外はあったが、五摂家といえば公家の頂点でこの五家のなかからしか、摂政、関白の席は一つしかなく、さらにその役目柄から両立はしない。だが、摂政、関白になれるのは五家のなかで一人だけである。当然残りの四家があぶれる。

なかには、摂政、関白を任期中に辞して、その座を譲る者もいるが、まず珍しい。

極端な言いかたをすると、五摂家のうち四家は極官を突き詰めることなく、終わりを迎えることになる。

「なんぞしでかしたのか、五摂家はんへの付け届けが少なかったか……とにかく砂屋楼右衛門は先祖よりも格下の官位で終わり、恥を掻いた」

「恥……か」

「はいな。公家にとってこれは恥ですわ」

呟いた鷹矢に土岐が首肯した。

「恥は公家にとって、もっとも避けるべきものですよってにな。砂屋は極に届かんと知ってすぐ、家督を譲って隠居しましてん。隠居してしまえば、なにをしようとも朝廷はかかわりまへん。ただ、あかんかったのが、大人しゅう歌を詠むか絵でも描いてたらよろしかったんですが……あやつはちぃと頭の箍《たが》が外れてたんですわ」

「ふむう」

「なにがあったかは知りまへん。どうせたいしたことはおまへんやろうし。公家なんぞ、多かれ少なかれ嫌な思いに耐えてまっさかいな」

本人にとっては重要な動機を、あっさりと土岐は切り捨てた。

「隠居して砂屋楼右衛門と名前を変えたそいつは、まず朝廷で客を募ったわけですわ」

「朝廷でというが、そんな需要があったのか」

思わず鷹矢が問うた。

「そんなもん、いくらでもおわすわな。人が二人いてるだけで、いがみ合う要因は生まれますやろ。しかも相手は普通の人やおまへん。己たちを神の血を引く雲上人《うんじょうびと》やと思いあがってる鼻持ちならん連中でっせ。そら、山ほど依頼はおましたやろ」

「それを砂屋楼右衛門が引き受けたと」

「もちろん、金が出せるかどうかがかかわってきますよってに、全部とはいきまへんやろうけど」

土岐が苦い顔をした。

「まあ、とりあえず砂屋楼右衛門は、そこから始まったと思うておくれやす」

「わかった」

鷹矢がうなずいた。

「横から口をはさんで申しわけないですが、そのときに朝廷はなにもしはらなかったので」

最初に止めなかったのかと枡屋茂右衛門が訊いた。

「さっさと止めていたら、このようなことには……」

「止めますかいな」

枡屋茂右衛門の意見を土岐が否定した。

「そんだけ砂屋楼右衛門は公家にとって便利やったんですわ。公家という生きもののことをよくわかっている闇。その出現に公家たちは大喜びしましたんや」

「大喜びとは、度しがたいことで」

聞かされた枡屋茂右衛門が吐き捨てた。

「どのようなことを公家たちは砂屋楼右衛門に頼んだのだ」

興味を持った鷹矢が尋ねた。

「公家と公家の官位争いもありましたけど、もっとも多かったのは、金を貸してくれている商家への対応でおました」

「金を貸してくれている商家を殺したと」

「そこまでしますかいな。絶対にないとは言いまへんが、それはさすがにまずいでっせ。そんなもんが表に出たら、公家に金を貸してくれる商人がおらんようになりますやん」

驚いた鷹矢に土岐が首を横に振った。

「せいぜいが取り立てを緩くさせたり、期日の日延べをさせたり……ようは脅しですむところまでですわ」

「小さいことですなあ」

枡屋茂右衛門があきれた。

「最初はそんなもんでっせ。端から、砂屋楼右衛門も闇を知っていたわけやおまへんし」

「なるほど。慣れるまでというわけか」

「さようですわ。こうやって無頼の仕事に慣れた砂屋楼右衛門はやがて、朝廷という軛《くびき》をこえました。金をもらえばなんでもするという質《たち》の悪い闇に」

土岐が砂屋楼右衛門誕生を語った。

「待ってくれ」

鷹矢が土岐を止めた。

「おかしくはないか。砂屋楼右衛門は京洛の闇を支配しているようなことを言っていた。それにあの四神とかいった配下たちも相当に遣える者だったぞ。公家のもめごとを片付けていただけで、そこまで縄張りを拡げられるのか」

「さすがでんなあ」

疑問を呈した鷹矢を土岐が褒めた。

「典膳正はんの疑問はごもっともでっせ。砂屋楼右衛門が普通の男ならば、たぶんそこまであがる前に殺されてまっさ」

土岐が認めた。

「そうならなんだ理由は、砂屋楼右衛門が公家の出、それもそこそこ朝廷では知られた血筋やというところにおます。闇が唯一手出ししないのが、禁裏のなか。その禁裏に伝手《つて》を持つ砂屋楼右衛門はいろいろな意味で使えるわけでして……」

「なぜ闇は禁裏に手出しをしないのだ」

「ああ見えて闇は信心深いものですねん。この世の地獄を見てきただけに、死んでからも地獄へ行くのは御免やと。禁裏は主上がおわす神域でっさかいな。そこにさえ手出しをしなければ、罰は当たらんという勝手な理屈で避けてきましてん。それを砂屋楼右衛門は可能にした」

「今まで受けられなかった仕事を請け負わせる相手として砂屋楼右衛門を利用したのか。なるほどな。己は仲介をして金をもらい、実際に罰当たりな行動は砂屋楼右衛門に押しつける……か。それでもおかしいだろう。なにも神さまや仏さまがおられるのは、禁裏だけではないぞ。洛中には名刹や名のある社が幾つもあるではないか。そちらは怖がっていないというのは、理屈に合わん」

鷹矢が怪訝な顔をした。

「典膳正はんはおわかりやおまへんか。枡屋茂右衛門はんならおわかりですやろ」

土岐が枡屋茂右衛門に話を振った。

「……わたくしに言わせますか」

枡屋茂右衛門が頰をゆがめた。

「どうしてだ、枡屋どの」

「祇園辺りのお茶屋へ行ってもらえればわかることですが……あのあたりで派手な遊びを一人でしてはるのは、大概が坊さんか、神主ですわ。商人は商売に繫がらん遊びは大人しいもんですし、お武家さまはそもそも遊ぶだけのお金がございません」

問われた枡屋茂右衛門が告げた。

「……神も仏もいないと」

「いてはっても、京洛のなかには降りてきはらんちゅうこってすわ。もちろん、手出しせえへんお寺とか神社もありますで。まともな僧侶や神官がいてはるとこは、闇も遠慮しますよってな」

土岐が鷹矢の確認に付け足した。

「まさか、そういうところにも砂屋楼右衛門は……」

「………」

鷹矢の推測を土岐が無言で肯定した。

「便利な道具だったのか」

「そうですわ。しゃあから朝廷も砂屋楼右衛門を放置してましてん。使い走りみたいなもんの相手なんぞ、してられまへんやろ」

「朝廷が砂屋楼右衛門への目を外したということか。そして、その隙に砂屋楼右衛門は大きくなっていった」

「そういうこって」

鷹矢の発言を土岐が認めた。

「しかし、今回は見逃せまへん。主上のお気持ちに逆らうようなまねを、隠居したとはいえ公家に連なる者がやってええはずはおまへんよってな」

土岐が説明は終わりだと手をあげて見せた。

「いろいろ疑わしいことはあるが、まあいいだろう。助けられたことだしな。閑院宮家の志能便だったおぬしが、朝廷で仕丁をしているところとか」

「そのへんは突っこまんほうが、身のためでっせ」

鷹矢の疑問への回答を土岐が拒否した。

「そのとおりでございますよ、典膳正さま。それが京で生きて行くための術《すべ》でございまする」

枡屋茂右衛門も触れてはいけないところがあると土岐の味方をした。

「別の闇が出てくるか」

「………」

じっと見つめる鷹矢から土岐が目を逸らした。

「さてと」

土岐が年寄りとは思えない身軽さで立ちあがった。

「飯も喰わせてもろうたし、ほな、帰りますわ」

部屋を出かけた土岐が、足を止めた。

「ああ、あの女はもろうていきますわ」

「どうするつもりだ」

浪を連れていくという土岐に、鷹矢が尋ねた。

「門跡尼寺へでも入れまっさ。そうでもせんと、あの女、後追いをしかねまへんし、砂屋楼右衛門のすべてを知っていると言うてもまちがいないんでっせ。あの女を手にして、砂屋楼右衛門の遺産をと考える奴が出てきますしな」

「優しいことだ」

浪を助けると言った土岐に、鷹矢が感心した。

「そう思うという気持ちを大事にしなはれ」

土岐が辛そうな顔を見せて、去っていった。

「では、わたくしも」

鷹矢からの質問を避けたいとばかりに、枡屋茂右衛門も席を立った。

「誰かに、送らせよう」

「大事おまへん。ちゃんと店の若いのを連れてきてますよってに」

いつもの口調に戻った枡屋茂右衛門が鷹矢の厚意を謝した。

四

津川一旗は京から江戸へとんぼ返りして、松平越中守定信を訪ねた。

「どういたした」

先日別れたばかりである。松平定信が眉をひそめながら問うた。

「じつは……」

ようやく手にした朝廷の弱みである南條蔵人を鷹矢が京都所司代に引き渡したと津川一旗が伝えた。

「……ふむ」

聞いた松平定信が怒らずに思案に入った。

「京都所司代から求められては断り切れぬな。それに南條なんとやらを捕まえたのは東城だと皆知っておるのだろう」

「はい。噂にもなっておりました」

確認を求めた松平定信に津川一旗が首肯した。

「ならば、南條蔵人の身柄はどうでもいい」

「それでは、南條蔵人を問い詰めることができませぬ。後ろにいる者が誰だかわかれば、そこから……」

「それくらい、東城はわかっておる」

「……っ」

松平定信の言葉に津川一旗が詰まった。

「わからぬか。それくらい見抜けぬ者に使者番は務まらぬし、余の目にも留まらぬわ」

「ご無礼をいたしました」

松平定信の目に留まったというところで、津川一旗が深々と頭を下げた。これは津川一旗が松平定信の人を見る力を疑ったことになったからであった。

「気にするな。あの者を間近で見ていると、それほどの器とは思えぬのだろう」

手を振って松平定信が謝罪せずともいいと告げた。

「ですが、越中守さま。南條蔵人が戸田因幡守《とだいなばのかみ》さまの手に落ちたのは、よろしくないのではございませぬか」

戸田因幡守がどのような手立てをうつか、注意すべきではないかと津川一旗が懸念を表した。

「なにかしてくれるとよいが……」

「それはどういう意味でございましょうや」

嘆息した松平定信に津川一旗が首をかしげた。

「南條蔵人を捕らえたことを己の手柄だと吹聴してくれれば、他人の手柄を奪ったと糾弾《きゅうだん》できる。また、南條蔵人に無茶な取り調べをして傷でも付けてくれれば、朝廷とのかかわりに要らぬ軋轢《あつれき》を生んだと咎められる」

「なるほど。では、もし南條蔵人から黒幕の話を訊き出し、それを利用して朝廷に圧力をかけたとしたら……例えば老中への推挙をしてくれとか」

かえって便利だと言った松平定信に津川一旗がさらなる懸念を口にした。

「朝廷に幕府の人事へ口出しする権はない。もし、そうでもしてくれたなら、老中になんの相談もなく、朝廷と交渉したことになる。それがどれだけの重罪かわかろう。してくれればありがたいくらいじゃ」

松平定信が笑った。

幕府は大名が朝廷とつきあうのを極端に嫌がる。参勤交代でも京洛の通過をできるだけさせないし、やむを得ないときでも京での宿泊は認めない。

たしかに京都所司代は朝廷との交渉を主たる任としている。戸田因幡守が朝廷となにかしらの遣り取りをするのは当然のことだが、そこには幕府の意志が必須であった。

「では、南條蔵人のことはこのまま放置いたしてよろしいのでございましょうか」

津川一旗が念のために問うた。

「そうよなあ……」

しばし考えた松平定信が、津川一旗を見つめた。

「津川、そなたならできるか」

「なんなりとお命じくださいませ」

松平定信の問いかけに津川一旗が手を突いた。

「余の役に立たなくなった南條蔵人を始末せよ」

「承りましてございまする」

一瞬の間もなく津川一旗が引き受けた。

「京都所司代に捕らえられている間に、南條蔵人が死ねば戸田因幡守の責になる。そこを東城に突かせれば、戸田因幡守も抵抗はできまい」

「それを源《もと》として、戸田因幡守さまを罷免《ひめん》なさいますか」

「いいや、それを使って、戸田因幡守を吾が走狗《そうく》とする。執政になるには手柄が要るわけではない。一人頭を出すより、足並みを揃えるほうが大事なのだ。吾が吾がと和を乱す者は御用部屋には不要。それに気づかぬようでは、道具がせいぜいだな」

津川一旗の発言に松平定信が首を左右に振った。

砂屋楼右衛門一党が壊滅したとの噂は表には流れなかったが、裏では話題の中心として翌日には京洛はおろか、大坂、大津まで届いていた。

「……そうかい」

まだ京に拠点を置いて年月は短い。京の闇に精通しているとはいえず、鷹矢の始末を砂屋楼右衛門に依頼した桐屋利兵衛《きりやりへえ》がことを知ったのは、大坂からの急報によった。

「無駄金になったか……いや、これを死に金にするか、生かして遣えるかは、ここからや」

桐屋利兵衛が気持ちを切り替えた。

「禁裏付が京洛に巣くう闇を滅ぼしたとなれば、あやつの手柄になる。これをどうにかして、悪事に変えな……」

腕を組んで桐屋利兵衛が考えた。

「……禁裏付が京の住人を無礼討ちにした。ふむ、これや。もう一ついでに枡屋も巻きこんだろ」

桐屋利兵衛が手を打った。

「お呼びですやろか」

すぐに桐屋が京に作った出店を預かる九平次《くへいじ》が顔を出した。

「噂を広めてこい」

「……どのような噂を」

命令に九平次が困惑した。

「枡屋茂右衛門が仲の良い禁裏付に頼んで、一介の善良な商人を無礼討ちに葬ったちゅうやつや」

「一介の善良な商人……砂屋楼右衛門がでございますか」

「そうや。どうせ、砂屋楼右衛門の正体を知ってる者なんぞ、そうはおらへん。それに砂屋楼右衛門の正体を知っている同じ穴の狢《むじな》やったら、どんな噂にも口をつぐんで聞き流すやろう」

「たしかにそうでおますけど……」

「文句言わんと、おまえは指図に従えばええねん」

納得できていない九平次を桐屋利兵衛が叱った。

「わ、わかりました」

主の気性を九平次はよく知っている。これ以上逆らうと痛い目に遭うと九平次が承諾した。

「どのように噂を広めましょう。店に来る客に聞かせましょうか」

「阿呆《あほ》、ちいとは考えんかい」

手段を口にした九平次を桐屋利兵衛が怒鳴りつけた。

「そんなことしてみい。噂の出所がここやとわかるやないか。ええか、噂ちゅうのはどこから発したかわからんもんでなかったらあかんねん」

「すいません」

九平次が詫びて、別案を出した。

「ほな、遊郭で広めましょう。島原《しまばら》に馴染みの遊女がいてますよって、そいつを通じて……」

島原は江戸の吉原、大坂の島之内と並ぶ遊郭である。人の出入りも多く、噂の発信をしても誰にも不思議がられることはなかった。

「……はあ」

提案した九平次に桐屋利兵衛が大きくため息を吐いた。

「……あきまへんか」

「あかんどころやないわ。噂が闇がらみやなかったら、ええ手やと褒めてもやれるけどな、今回のは砂屋楼右衛門やぞ。京洛の闇を締めている一人や。島原でも有名やろう」

桐屋利兵衛が続けた。

「それに遊郭ちゅうのは、どうしても闇に染まりやすい。おまえがうかつに話した店が、闇の者《もん》の出入りを引き受けていたなら……」

じっと桐屋利兵衛が九平次を見つめた。

「たちまち嘘だと見抜かれる」

「そうや。もちろん、その嘘がつごうよいと乗っかってくれるかも知れへんが、逆につごうが悪かったとなると面倒やぞ。なんで砂屋の話をそういう風にゆがめるのかと問い詰められる」

「そんなもん、ごまかせますやろ」

「甘いな。ああいった連中の訊きたいは、拷問《ごうもん》するぞということやで」

「拷問……それはかないまへんな」

九平次が身を震わせた。

「しゃあさかい遊郭はあかん」

「では、どこで」

噂を広める方法を九平次が問うた。

「市場や。人の集まるところちゅうたら市場やろう。市場で数人に話をしてやれば、あっという間に拡がるで」

「なるほど。市場といえば五条市場がよろしいな」

京への進出を考えている桐屋利兵衛は金で五条市場を押さえこんでいた。

「五条だけではあかん、錦市場も使え」

感心した九平次に桐屋利兵衛が付け加えた。

「錦市場は、枡屋茂右衛門の足下でっせ」

まずいのではないかと九平次が懸念を表した。

「しゃあからええねん。五条市場だけやったら、わいの姿を後ろに見つける奴が出てくるか知れへんけどな。錦市場なら、わいの名前は出えへん」

桐屋利兵衛が述べた。

「ですが錦市場は……」

「安心せい。この間、買ったばかりの若狹屋《わかさ》、湖屋なんぞがある。そこから流させればええ」

まだ納得しない九平次に桐屋利兵衛が告げた。

「へい、承知しやした」

九平次がうなずいた。

京都所司代戸田因幡守忠寛《ただとお》は、南條蔵人を手に入れたことに狂喜していた。

「禁裏付がよくぞ、手放してくれたものだ。やはり禁裏付などという小者は、大局を見られぬの」

戸田因幡守が鷹矢を嘲笑した。

「さて、まずは南條蔵人から、話を訊かねばなるまい。誰ぞ、おらぬか」

手を叩いて戸田因幡守が所司代の役人を呼んだ。

「はい」

「権藤《ごんどう》をこれへ」

顔を出した役人に戸田因幡守が所司代付与力の権藤太郎《たろう》右衛門《えもん》の名前を出した。

「しばし、お待ちを」

役人が小走りに去っていった。

「……お呼びでございますか」

しばらくして権藤太郎右衛門が現れた。

「うむ。言わずともわかっておろう」

「南條蔵人さまのことでございましたら、かなり進んでいると思っておりまする」

戸田因幡守の問いかけに権藤太郎右衛門が答えた。

「後ろに誰がおるかはしゃべったか」

「それはまだでございますが、あの禁裏付役屋敷に娘がおると申しておりました」

「娘だと……」

権藤太郎右衛門の報告に戸田因幡守が眉をひそめた。

「娘がいる禁裏付役屋敷に躍りこむ……どういうことだ」

戸田因幡守が首をかしげた。

「おそらく娘は捨てられたものでございましょう」

「捨て姫か」

さすがに京を管轄する所司代である。京に定住している権藤太郎右衛門が発した言葉を、戸田因幡守はすぐに理解した。

「一度捨てた姫を取り返そうとしたのか。それは許されまいに」

捨て姫は貧しい公家が生活のために娘を武家や商家に妾《めかけ》として売ることをいう。高貴な血筋を誇りにしている公家にとって、娘を武家や商家へ売るというのは耐えがたい恥になるため、捨てると称し、系図からも抹消してかかわりのない者とした。

「さようでございまするが……最近のお公家さまのやられることは、段々あくどくなりまして。娘を売っておきながら、知らぬ存ぜぬで押し通し、拐かしだといって御上に訴え出ることもままございまする」

権藤太郎右衛門が説明した。

「質が悪いのは、公家の習いか」

戸田因幡守があきれた。

「その一人が南條蔵人だと」

「それがどうやら裏になにかあるようで」

「裏があることなど、最初からわかっておろうが」

まだ確定できていないと暗に告げた権藤太郎右衛門に戸田因幡守が怒った。

「それを調べよと命じたはずだ」

「はい。ですが、詳細は所司代さまでなければ話さぬ。無位無冠ごときと口を利いておられるかと拒否されまして……」

叱られた権藤太郎右衛門が恐縮しながら伝えた。

「余直々《じきじき》に来いと」

「畏れ入りまするが」

「やむを得ぬ。ことがことじゃ」

最初から聞き取りに出向くつもりであったことなど匂わせず、戸田因幡守が渋々といった体で腰をあげた。

南條蔵人は一応六位であった。

鷹矢に捕まった時点で朝廷から罷免され、無位無冠になっていたが、それをわざわざ知らせてくれるはずもなく、未だ南條蔵人は六位の蔵人だと思いこんでいた。

「従六位たる麿を牢に捕らえるなど、慮外《りょがい》もはなはだしいわ」

当初は捕らえられた衝撃で大人しくしていた南條蔵人だったが、牢屋番や取り調べに来る権藤太郎右衛門らが、腫れ物に触るようにすることで自信を取り戻していた。

「さっさと麿を帰しや。今ならば、詫びですませてくれるぞえ」

南條蔵人が牢屋番に言った。

公家の詫びとは、単なる言葉による謝罪ではなく金のことを意味する。

「敷きものを出せ。腰が痛い」

「飯がまずい。もっとまともなものを用意いたせ」

日に日に南條蔵人の要求は増えていった。

「こちらでございまする」

そこへ権藤太郎右衛門が戸田因幡守を案内してきた。

「……わかっておるのか。そなたは罪人である」

戸田因幡守が南條蔵人にあきれた。

「なにを申すか。麿は朝廷の御役を承っている者ぞ。麿をこのようなところに閉じこめておるということは、朝廷の御用を滞《とどこお》らせておるのじゃぞ。蔵人というのが、どれほど大切な役割かを、そなたたちはわかっておらぬ。御所よりお叱りが来る前に、麿をここから出しや」

南條蔵人が威丈高な態度で応じた。

「これっ。こちらは戸田因幡守さまぞ」

権藤太郎右衛門が南條蔵人の態度を窘めた。

「戸田因幡守……所司代が」

南條蔵人が目を剝いた。

「初めてじゃの。戸田因幡守じゃ。さて、先ほどからなにを言っておったのか、もう一度聞かせていただこう」

「……うっ」

嫌味を言った戸田因幡守に南條蔵人が詰まった。

員数外とされる武家の官位官職だが、それでも格式は認められている。京都所司代である戸田因幡守は従五位上の位を持ち、従六位下の南條蔵人よりも格上になる。先ほどから格を表に出し、権藤太郎右衛門や牢屋番を抑えつけようとしていた南條蔵人が、戸田因幡守の登場に戸惑ったのは無理のないことであった。

なにより、京都所司代は禁裏付以上に、公家にとって鬼門であった。

「所司代……どの」

かろうじて敬称をさまではなく、どので止めたのは南條蔵人の矜持であった。

「揚屋《あげや》、それも上の揚屋牢がお気に召さぬのならば、大牢へ移ってもらおうか」

「ひっ」

戸田因幡守の発言に南條蔵人が震えあがった。

揚屋牢は、公家や武士、僧侶、神官など身分のある者を拘留するためのもので、基本、一人だけが入れられる。対して大牢は庶民、なかでも極悪な無宿人や無頼を閉じこめておくためのもので、定員などない。江戸の小伝馬町ほどではないが、まず横になることはできないほど混んでいる。

「邪魔や」

「場所塞ぎが」

気性の荒い無頼たちである。満足に身じろぎもできなくなると弱い者を殺して場所を空けようとする。

世間の常識が通じない連中に蔵人だとか六位だとかは、なんの意味もない。人を殺すどころか喧嘩さえしたことのない南條蔵人が、大牢に入れられたらどうなるかは、誰にでもわかることであった。

「と、とんでもないことでおじゃる。麿は、ここが気に入っておる」

南條蔵人があわてて移らないと宣言した。

「それはよかった。余も死人を出したいわけではないからな」

戸田因幡守が冷笑を浮かべた。

「…………」

冷や汗を南條蔵人が流した。

「さて、話をしようか」

戸田因幡守が牢の前に立った。

「誰にそそのかされた」

「そそのかされた……」

南條蔵人が怪訝な顔をした。

「そうだ。そそのかされたのだろう」

戸田因幡守が繰り返した。

「…………」

一瞬、南條蔵人が黙った。

そそのかすと命じるでは意味合いが違う。そそのかすには命じるのような強制力はない。

「こうしてはどうか」

「すべきであろう」

そそのかすとはこういった意味合いになる。

「やれ」

命じるに比べれば軽い。

「……たしかに、麿はそそのかされたのでおじゃる」

南條蔵人が戸田因幡守の案に乗った。

命じたとあれば、その相手も同罪になる。しかし、そそのかしただけならば、そう重い罪には問えない。高位の公家だと罪にさえならなかった。

「誰にそそのかされた」

「……松波雅楽頭《まつなみうたのかみ》さま」

もう一度訊かれた南條蔵人が少しだけ躊躇した後、告げた。

「松波雅楽頭といえば……」

戸田因幡守が権藤太郎右衛門を見た。

「二条《にじょう》家さまの家宰《かさい》でございまする」

「そうだったな」

権藤太郎右衛門の答えに、戸田因幡守がうなずいた。

「よろしかろう」

戸田因幡守が背を向けた。

「お待ちあれや。麿は、麿はどうなるのでおじゃる」

南條蔵人が処遇を問うた。

「…………」

それに戸田因幡守は答えず、去っていった。

「あっ。お供を」

あわてて権藤太郎右衛門が後を追った。

「麿は、麿は……どうなるので……」

見張りの牢屋番だけが残った揚屋牢で南條蔵人が泣き崩れた。

第四章　噂の力

一

禁裏付として行列を仕立てていく鷹矢だったが、いつも先頭に立って周囲を警戒する檜川の姿はなかった。

「傷を癒《いや》せ」

昨日の戦いで右肩に傷を受けた檜川を鷹矢は気遣った。

「殿だけを行かせるわけには……」

檜川は渋ったが、最後は主命を持ち出して鷹矢は言うことを聞かせた。

「ご懸念なく」

早朝から現れた枡屋茂右衛門が檜川を宥めた。

「若い者を連れてきております。喧嘩くらいしかできないですが、それでも盾代わりにはなりまする」

「すまぬ。借りるぞ」

鷹矢が素直に枡屋茂右衛門の厚意を受け取った。

「大人しくしておれ。少しでも早く治して、仕事を果たせ」

「かたじけのうございまする」

厳しい口調で命じる鷹矢に檜川が感謝した。

怪我をした檜川を残して、行列は百万遍の禁裏付役屋敷を出て、御所へ向かった。

百万遍から禁裏までは近い。ゆっくりと行列で進んでも、小半刻（約三十分）もかからなかった。

「禁裏付東城典膳正さま、ご出座」

当番の仕丁が声をはりあげ、鷹矢の到着を報せた。

「おはようございまする」

日記部屋へ入った鷹矢を当番の仕丁たちが迎えた。

「うむ」

鷹揚に鷹矢が応じ、定められた場所へと腰を下ろした。

「典膳正が参ったようじゃが」

すぐに武家伝奏の広橋中納言がやって来た。

「これは中納言どの」

鷹矢が広橋中納言に軽く頭を下げた。

「昨日は休みであったようじゃが、病かの」

「病でございました」

広橋中納言の問いに鷹矢がうなずいた。

「偽りは許されぬぞ。そなたを南禅寺の付近で見たという者がおるのじゃ」

「わたくしを」

「そうじゃ」

確認した鷹矢に広橋中納言が首肯した。

「もし、偽りで勤めを休んだとあれば、これは朝廷、ひいては主上への裏切りであろう。いかに禁裏付といえども、いや、朝廷目付たる禁裏付なればこそ、許されるべきではない」

広橋中納言が鷹矢を咎めた。

「中納言どのは、その者の申すことを信じたと」

「嘘を吐くような者ではない」

念を押した鷹矢に広橋中納言が告げた。

「では、その者をここへお連れいただきましょう。なんでしたら、わたくしがそちらへ向かってもよろしゅうござる」

「…………」

鷹矢の要求に広橋中納言が黙った。

「いかがなされた。禁裏付が疑われたのでござる。このままにしておくことはできませぬ。もし、吾を貶《おとし》めるための讒言《ざんげん》であったならば、相応の対処をいたさねばならぬ」

「…………」

最後は禁裏目付らしい威厳を鷹矢が見せた。

「まさか、おらぬのではなかろうな。もし、おらぬというにそのようなことを言われたならば……広橋中納言、そなたを摘発することになるぞ」

　目付としての職務をおこなうときは、相手が五摂家であろうとも呼び捨てにできる。

　鷹矢が広橋中納言を睨みつけた。

「武家伝奏たる麿を咎めると。朝廷と幕府の間を取りもってきた麿を」

「それが禁裏付の役目である」

　二人が対峙した。

「……………」

　部屋にいた仕丁たちが、部屋の隅で震えた。

「典膳正はん、出てきはったようで……おやあ」

　わざとらしい大声を出しながら、土岐が入ってきた。

「なにしてはりますん」

　土岐が問うた。

「……このようなことを中納言が申した」

　鷹矢が説明した。

「ほへえ、そんな話が……よろしおます。探してきましょ。雑仕や仕丁に訊いて回れば、すぐにわかりまっさ」

「頼む」

土岐の申し出を鷹矢が受けた。

「待ちゃ」

広橋中納言が土岐を制した。

「なんぞ御用でも」

土岐が振り向いた。

「そなた朝廷の者を禁裏付へ売るつもりか」

声を低くして広橋中納言が脅した。

「売る……代価はもらいまへんので違いまっせ」

堂々と土岐が言い返した。

「きさま、たかが仕丁の身で、中納言たる麿にその態度は許せぬ。名を申せ」

広橋中納言が怒気を露わにした。

「よろしいんか」

「なにがじゃ」

念を押した土岐に広橋中納言がより怒った。

「たかが仕丁風情が……」

「閑院宮家におりましたんやけどな。主上が御所へお入りになるお供を……」

「ま、まさか」

広橋中納言の顔色が変わった。

「いたしましてなあ、今は……」

「よせ、聞かぬ」

続けた土岐から顔をそらせた広橋中納言が耳を塞いだ。

「典膳正、その話をしていた者には磨からきつく言っておく。適当なことを口にするでないと釘を刺しておくゆえ……」

これで話を収めてくれと広橋中納言が頼んだ。

「いいや、軽挙妄動ならまだしも、罪のない禁裏付を誹謗中傷するようなまねを放置はできぬ。これは禁裏付としての要請である。その者を引き渡せ」

鷹矢が険しい声で広橋中納言に要求した。

「……………」

「渡せぬ、あるいは名も言えぬというのであれば、代わりに中納言を拘束し、その責を問う」

「磨を……」

広橋中納言が啞然とした。

「どういたすか。返答や如何《いかん》」

鷹矢が迫った。

「今から、そやつを捕まえて参るゆえ、しばし、待たれよ」

迫力に押された広橋中納言が逃げ出すように日記部屋を出ていった。

「おまえたちも知っているのか」

部屋の隅で小さくなっている当番の仕丁たちを鷹矢が見た。

「いえ」

「存じまへん」

「さ、探してきま」

首を横に振った仕丁たちが、あわてて腰をあげた。

「ご苦労だな」

土岐と二人きりになった鷹矢がねぎらった。

「苦労というほどやおまへんわ」

手を振って土岐が笑った。

「ところで実際に噂が出ているのか」

「おまへんな」

訊いた鷹矢に土岐が首を横に振った。

「では、あれは……」

「中納言はんの独断か、後ろで糸引かれたかですやろ」

土岐が断じた。

「どうやって始末を付けるつもりだ。あのままでは吾も矛《ほこ》をしまえぬぞ。二人きりならばまだしも、仕丁たちがいる場での放言だからの」

なにもせずに許せば、鷹矢の鼎《かなえ》が問われることになる。

「見え見えの結末になりますやろなあ」

「……見え見えの結末とは」

嘆息した土岐に、鷹矢が明言を求めた。

「わかってて訊くところが、お役人さんですなあ」

土岐があきれた。

「いろいろあったおかげでな、処世術を覚えただけだ」

鷹矢が反論した。

「そらよろしい。京でやっていくには、そうでなければあきまへん」

「褒められたのか」

「もちろん、褒めてますで。なんやったら、頭を撫でまひょか」

「気持ち悪いことを申すな」

笑った土岐に鷹矢が嫌な顔をした。

「話を戻すぞ。つまり中納言は、問い詰めに行ったが行方が知れなくなっていたと報告してくるのだな」

「おそらく」

鷹矢の推測を土岐が認めた。

「どうせ、仕丁か雑仕あたりの身分軽き者に責任を押しつけてきますやろ」

「しかし、その仕丁か雑仕の名前を問い詰めれば、後日こちらで確認できよう」

土岐の言葉に鷹矢が疑問を呈した。

「わたいらなんぞ、雲上人から見たら虫けらみたいなもんでっせ。北山に埋められるか、鴨川に浮かぶか。人身御供《ひとみごくう》が一人出るだけですわ」

「……………」

土岐が口にした内容に鷹矢が黙った。

「どうやら帰ってきたようでっせ」

日記部屋に近づく足音を土岐が聞き取った。

「典膳正、待たせた」

広橋中納言が襖を開けながら言った。

「……お連れではないようだが」

わざとらしく鷹矢が、広橋中納言の後ろを覗きこむようにして、確認した。

「それがの。朝にはおったのだが、今見にいくとおらなんだわ」

広橋中納言が告げた。

「いない……ならば、その者の名前を訊こう」

「雑仕の一人で、仁科《にしな》と言う」

鷹矢の問いに広橋中納言がすんなりと答えた。

「知っておるか」

「仁科やったら、知ってますわ。雑仕の一人で年齢は四十《しじゅう》がらみで、痩せて背の低い男で」

尋ねられた土岐が応じた。

「そうじゃ、その男じゃ。そやつが朝に申しておった」

広橋中納言が何度もうなずいた。

「その仁科がいないと」

「さすがに御所中を探したわけではないが、麿の見えるところにはおらなんだ」

念を押した鷹矢に広橋中納言がうなずいた。

「頼めるか」

「よろしおす。ほな」

なにをと言わなくても伝わる。鷹矢に求められた土岐がすぐに動いた。

「探させたのか」

「雑仕や仕丁のことならば、同じ仕丁に任せるが良策でござろう」

「た、たしかに」

鷹矢の説明に広橋中納言が、かすかな躊躇のあと首肯した。

「他に御用は」

「ない」

鷹矢に問われた広橋中納言が否定した。

「では、お引き取りいただこう」

「あ、ああ」

出ていけと暗に言われた広橋中納言が、日記部屋からそそくさと去っていった。

二

南條蔵人を禁裏付役屋敷へ暴れこませ、鷹矢を窮地に陥れようとして失敗した松波雅楽頭は、二条治孝から厳しい叱責を受けていた。

「典膳正を利してどうするんや」

「まさか、あのようなことになるとは思いもよりませず……」

松波雅楽頭は平伏するしかなかった。

「もうええ。なんとかせえよ」

二条治孝が手を振った。

「……毎日はきついわ」

解放された松波雅楽頭が大きく肩を落とした。

南條蔵人が失敗したと知ってから、朝の行事のように叱責はなっていた。

「どないかせえとの仰せやけど、禁裏付ならまだしも京都所司代やからなあ、相手は」

松波雅楽頭が困惑した。

禁裏付は朝廷目付だと言われているが、そのじつは島流しに近い。役人として上を目指している者にとって、十年は江戸へ戻れない禁裏付は避けたい役目であった。対して京都所司代は出世頭である。幕府最高の権力者老中への一歩手前であるだけに、その政治力などはかなり強かった。それこそ、五摂家でさえ遠慮するのだ。

五摂家という朝廷の重臣であれば、禁裏付を抑えつけることはなんとかなる。もちろん、しっかりとその代償は求められるが、それでも不可能ではなかった。それだけ京における五摂家の力はある。

その力を背景に、二条家の家宰である松波雅楽頭は好きなようにやってきた。

「どうするかやなあ」

松波雅楽頭は苦吟していた。

「毎日、御所はんからお叱りをいただくのも厳しいけど……このままでは家宰の地位を取りあげられるやも知れん」

己が持っているものはすべて二条家の七光りを受けてのことだと、松波雅楽頭はよくわかっていた。

「所司代はんも、手札を捨ててはくれへんわなあ」

南條蔵人を禁裏付から京都所司代の戸田因幡守が奪ったのは、松平定信への対抗からだと松波雅楽頭はわかっていた。

「大御所称号と南條蔵人は交換……」

田沼意次《たぬまおきつぐ》の引きで出世してきた戸田因幡守は、老中まであと一歩というところまできていながら、幕府の政変で足を引っ張られた。

一代の寵臣、田沼意次を庇護し続けてきた十代将軍家治《いえはる》が死んだのだ。

自ら主君に殉《じゅん》ずるか、次代の権力を狙っている者から引きずり下ろされるかの違いはあっても前例にないほどの出世を遂げた寵臣は、その主君の死をもって表舞台から去るのが決まりであった。

五代将軍綱吉の寵臣柳沢吉保《やなぎさわよしやす》は、自ら身を退いた例であり、そのお陰で領地は江戸から離されたとはいえ、石高などに影響は出なかった。

だが、田沼意次は引き際を誤った。正確には、引く前に罠《わな》へ落とされた。

十代将軍家治の臨終を田沼意次は知らされず、政敵だった松平定信の思惑どおりに将軍継嗣《けいし》は進められた。

田沼意次は職を免じられただけでなく、出世することで与えられた城や領地を取りあげられ、謹慎を命じられた。

その余波は田沼意次の係累にまで及んだ。田沼意次の引きで老中になった者は罷免、他家に養子に出ていた息子たちは離縁されて戻された。

田沼意次の一党であった戸田因幡守が粛清されなかったのは、ただ江戸から遠い京にいたからであった。田沼意次の影響を幕閣から払拭《ふっしょく》することに専念しなければならなかった松平定信は、京まで手を伸ばす余裕がなかった。

このままでは戸田因幡守は未来《さき》がない。いずれ江戸を完全に掌握した松平定信の目は京、大坂に向く。

戸田因幡守が、南條蔵人という藁《わら》を摑んだのも当然であった。

「主上が拒みはったからなあ」

松波雅楽頭が難しい顔をした。

そもそもの始まりは光格天皇だとはいえ、大御所称号をという幕府の申し出を拒んでいる。

「勅意は翻《ひるがえ》らない」

天皇の決定は変わることがないのが決まりであった。形式だけになったとはいえ、天皇はこの国の最高者なのだ。

天皇の意志が幕府によってゆがめられるのは、その権威を傷つける。戦国乱世のときならばまだしも、泰平が続いている今は許されなかった。

「どない考えてはるやら。荒戎《あらえびす》の肚《はら》のなかは読めへん」

松波雅楽頭が大きく息を吐いた。

「南條の娘ももう使えん。手詰まりじゃ」

「雅楽頭さまではございませんか」

足下を見ながら歩いていた松波雅楽頭に声がかかった。

「どなたはんや……ああ、一度あいさつに来はったな。たしか、上方《ぜえろく》の商人《あきんど》の……ええと」

「桐屋利兵衛でございまする」

「ああ。そうやった。京へ店を出したんやてなあ。うまいぐあいにいってるかいな」

名乗られて松波雅楽頭が思い出した。

「おかげさまで、なんとかなっとります」

「そらよかった」

「なにやら随分とお悩みのようでございますが、なんぞわたくしでお手伝いできることはおまへんか」

「おまはんに手伝うてもらえるもんやないんでなあ」

桐屋利兵衛の申し出を松波雅楽頭が断った。

「さようでございますか。どないですやろう、お近づきをもうちょっと深くさせていただきとう存じますよって、そこいらでちょっと早めの昼餉でも」

桐屋利兵衛が喰い付いた。

「昼餉かいな……」

「もちろん、お誘いしたのがわたくしでございますよって、お支払いはすべてこちらで持たせてもらいます」

ちらと見た松波雅楽頭に桐屋利兵衛が胸を張った。

「そうかいな。ほな、麿の知っている店へ行こか」

「ご案内願えますので」

「すぐそこや。木屋町《きやまち》やねん。このへんでは珍しい山鳥を出すねん。いや、久しぶりや」

松波雅楽頭がうれしそうに言った。

「なんぼでも食べておくれやす」

桐屋利兵衛が松波雅楽頭にうなずいた。

木屋町は、高瀬川を下ってくる北山あたりの材木を扱う店が並んでいたところからその名前が付いた。木樵《きこり》や材木商が集まってくることに目を付けた商人が、飯を出す店を始めたのがきっかけで、あっという間に飲食、遊興を提供する店が建ち並んだ。

今では材木商よりも、そういった店が増え、祇園と争うほどの賑わいを見せていた。

「ここや、祇園ほど敷居は高うないで。一見《いちげん》でも入れてくれる」

「それはよそ者にはありがたいこって」

暖簾《のれん》を前に説明した松波雅楽頭に桐屋利兵衛が喜んだ。

「女将《おかみ》いてるか」

「これは、雅楽頭さま」

暖簾を潜った松波雅楽頭に店の女将が気づいて駆け寄って来た。

「無沙汰《ぶさた》をしてるな」

「ようこそのお出でで」

「今日は、ええ客を連れてきた。上方から京へ手を伸ばしてる桐屋や」

「桐屋さまと仰せられますと、あの大坂でも鴻池《こうのいけ》さまと並ぶ……」

松波雅楽頭の紹介に女将が驚いた。

「とんでもない。わたくしなんぞ、まだまだ駆け出しですわ。桐屋利兵衛でおます。お見知りおかれてよろしゅうに」

「あらあら、最初にご挨拶をいただいてしまいました。申しわけおまへん。この辻清《つじせい》の女将、阿古《あこ》と申します。どうぞ、これからご贔屓《ひいき》をくださいますよう」

阿古と名乗った女将が手を突いた。

「今日はなにがある」

「雉《きじ》と鴨《かも》のええのが、入ってます」

松波雅楽頭に訊かれた女将が答えた。

「雉と鴨か。どっちもええな」

「両方もらいましょ」

どうするかと悩んでいる松波雅楽頭に桐屋利兵衛がどっちも注文したらいいと言った。

「ええんか。そこそこ値張るで」

「鳥で傾くほど、桐屋は弱くございません。まあ、閑古鳥《かんこどり》は勘弁願いたいですが」

「初めてのご縁でございまする。お値段は勉強しますよって」

目を大きくした松波雅楽頭に桐屋利兵衛が冗談交じりに太っ腹なところを見せ、女将がうまくまとめた。

「そうか。ほな、両方頼むな。雉は付け焼きで、鴨は汁ものにしてえな」

「お任せを」

松波雅楽頭の要求を女将が受けた。

「まずは酒や。冷やはあかん。燗してや」

「承知しとりまする。女《おなご》はんは、どないしましょ」

「女は要らんわ」

阿古の問いに松波雅楽頭が首を横に振った。

木屋町の店はほとんどが二階建てになっている。一階は玄関土間、供待ち、台所に奉公人と女将の部屋、二階が客座敷という形式が多い。

「鴨川がよう見えるやろ」

二階の奥の間で窓を開けた松波雅楽頭が桐屋利兵衛に自慢してみせた。

「ほんに東山もよう見えますな。あの大屋根は南禅寺はんですかいな」

桐屋利兵衛が指さして見せた。

「そうやろう」

松波雅楽頭が曖昧に答えて、上座へ腰を下ろした。

「さて、うまいものを喰う前に話をすませよか」

「…………」

雰囲気を変えた松波雅楽頭に桐屋利兵衛が黙った。

「麿になんぞ用があるんやろ」

「かないまへんな」

念を押された桐屋利兵衛が苦笑した。

「正確には、雅楽頭さまをというわけではございまへん。どなたか、摂家にかかわりのある御方にお会いしたいと思うて、あの辺りをうろついてました」

桐屋利兵衛が実状を語った。

「摂家になんや」

松波雅楽頭の目が鋭くなった。

「ご安心を。二条さまをはじめ、摂家の皆様にご迷惑をおかけすることはございませんし」

大きく桐屋利兵衛が手を振った。

「なんやねん。早《はよ》せんと女将が来るで。燗酒にせえと言うたけど、そないに手間がかかるもんやない」

松波雅楽頭がさっさと言えと急かした。

「畏《おそ》れ入りまする」

一礼した桐屋利兵衛が続けた。

「砂屋楼右衛門をご存じですやろうか」

「……嫌な名前を出すなあ」

松波雅楽頭が苦い顔をした。

「ちいとお仕事をお願いしたんですが、どうもおかしなことになりまして。砂屋と連絡が取れまへんねん」

わかっていながら桐屋利兵衛が松波雅楽頭に尋ねた。

「砂屋やったらもうあかんで。死んでもうたわ」

「……死んだ。なんでですやろう」

「殺されたんや」

「誰に殺されました」

「それは言えんわ」

そこで松波雅楽頭が拒んだ。

「これで……」

すっと桐屋利兵衛が十両出した。

「誰やとは言えん。場所だけや。百万遍じゃ」

金を手元に引き入れながら、松波雅楽頭が告げた。

「では、百万遍から下手人が出ると」

下手人とは人を殺した者のことを言う。桐屋利兵衛が問うた。

「いいや。砂屋は闇やからなあ。表に出てきたら困る御方がようけいたはる」

いなかったことになると松波雅楽頭が述べた。

「では、砂屋と一緒にいた女はどうなったかご存じやおへんか。あまりにええ女やったんで、京で寝泊まりする家を預けたいと」

浪を妾にしたいと桐屋利兵衛が言った。

「女の行方までは知らんなあ。調べとこうか」

二条家の家宰は御所に大きな伝手がある。松波雅楽頭が先ほどの金の礼代わりにと申し出た。

「お願いできますか。御礼はいたしますし」

「……礼もくれるか。そうやなあ、明日の昼にはわかるやろ。八つ（午後二時）過ぎにお屋敷まで来いや」

桐屋利兵衛の言葉に松波雅楽頭が喜んで述べた。

「よろしおすか」

機を計っていたかのように、阿古が酒を持って入ってきた。

「おうおう、待ちかねたわ」

阿古が差し出す瓶子に松波雅楽頭が盃を出した。

三

一刻（約二時間）ほど食事につきあった桐屋利兵衛が、松波雅楽頭と別れた。

「……金が飛んでいくなあ。京は大坂より金がかかる。まあ、実より名の土地やから、しゃあないとはいえ」

桐屋利兵衛がため息を吐いた。

「なんやかんやで二千両ほど遣ったの。しかし、まったく見合うものが手に入っていない。砂屋楼右衛門も偉そうな顔をしておきながら、あっさりくたばるし。砂屋のことをすべて知っている女だけでも手に入れて、主を失なった闇の少しでも押さえなければ割りが合わん」

嫌そうな顔を桐屋利兵衛がした。

「どうするかなあ。もう、禁裏付から手を引くべきやとは思うけど……」

桐屋利兵衛が悩んだ。

「禁裏付を潰せば、朝廷に恩を売れるやろうけど……こうも失敗が続くとなあ。大坂の本店がなんぼ稼いでも、京で吸い取られたら残らへん。ばたばたしているだけで、一向に儲からんのは、商人として情けない」

力なく桐屋利兵衛が首を左右に振った。

「ええ話を少しは聞きたいもんや」

桐屋利兵衛が足を止めた。

「近衛《このえ》はんに公家衆の買収がどこまで進んだか教えてもらおう」

踵《きびす》を返し、桐屋利兵衛が御所付近の近衛家を目指した。

近衛家の屋敷は御所の真北、今出川御門の内側にあった。

「お目通り願えますやろうか」

「御所はんは、お忙しい」

近衛家を訪れた桐屋利兵衛に、平松《ひらまつ》中納言が応対した。

「先日のことで、少しお話を伺いたかったのでございますが……」

「不意に来ては難しい」

金主だと暗に表現した桐屋利兵衛に顔色も変えず平松中納言は拒絶を繰り返した。

「困りましたなあ。では、いつならばお目通り叶いますやろうか」

しつこく桐屋利兵衛が要求した。

「なにを訊きたいのじゃ」

面倒くさそうに平松中納言が問うた。

「お取り次ぎくださいますので」

「いや、ただ麿は近衛家の家令を務めておる。わざわざ御所さまにお伺いをせずとも、麿で十分わかるはずじゃ」

平松中納言が告げた。

「わたくしがお預けした金のことも」

「うむ。まさか御所さまが直接金を配って歩くわけにも参るまいが」

確認した桐屋利兵衛に平松中納言がうなずいた。

「さようでございましたか。それはお見それをいたしました」

平松中納言を侮っていたと桐屋利兵衛が詫びた。

「麿も忙しいのじゃ。さっさと申しやれ」

「では、早速に」

急かされた桐屋利兵衛が語った。

「……金の遣い道と効果についてだな」

「お聞かせ願いたく」

確かめた平松中納言に桐屋利兵衛が首を縦に振った。

「そなたが献じた金は……」

献じたとして残っても返す気はないと平松中納言が主張しながら、現況を語った。

「なるほど。ご足労をいただいておるわけでございますな。三位以上の公家はんが七家、三位から四位までの十二家、それ以下が二十四家、合わせて四十三家が近衛さまに合力くださると」

「そうじゃ。まだ確約はしておらぬが、御所さまのお声がけに喜んでいる者も多くある。あと一カ月もあれば、倍にはできよう」

「八十家をこえまするか」

平松中納言の言葉に桐屋利兵衛が顔をほころばせた。

「近衛家が動くのだぞ。当たり前のことじゃ」

自慢げに平松中納言が応じた。

「では、御所出入りの看板も……近いうちに」

「…………」

言った桐屋利兵衛に平松中納言が黙った。

「いや、わかっておりまする。そのようなこと近衛さまがかかわりになられることではございませぬ」

「そうである。近衛家は五摂家筆頭でおじゃるぞ。近衛が動くのは天下人民のためだけであるぞえ」

「失礼を申しました」

もう一度桐屋利兵衛が謝罪した。

「用がすんだのならば、出ていけ」

平松中納言が手を振って、桐屋利兵衛に帰宅を促した。

「かたじけのうございまする」

深々と謝って桐屋利兵衛が近衛家を去った。

「まったく、金に汚い町人は困る。御所さまにお預けしておけば、すべてを丸く収めてくださるというに」

桐屋利兵衛を追い返した平松中納言が文句を言いながら、近衛経熈《つねひろ》のもとへと報告に出た。

「どうであった」

書院で近衛経熈は文机から顔をあげた。

「帰りましてございまする」

「そうか。ご苦労であったの」

近衛経熈があっさりと桐屋利兵衛のことを流した。

「……………」

ふたたび文机に向かった近衛経熙が眉間にしわを寄せた。

「御所さま、なにか」

平松中納言が問うた。

用がなければ近衛経熙はすぐに平松中納言を下がらせる。そうしないということは、口を出しても叱られない。

「砂屋楼右衛門がことよ」

近衛経熙が平松中納言を見ずに口にした。

「ああ。成敗されたとか。あれだけ派手にいたしていたのではいたしかたございませぬのでは」

平松中納言が目立ちすぎたと応じた。

「それはわかっておる。これが所司代じゃ、町奉行じゃと言うならば、麿も意には介せぬが、禁裏付だというのがの」

険しい表情を近衛経熙が平松中納言へ見せた。

「御所さま……」

見たことのない主の顔に平松中納言が息を呑んだ。

「所司代や町奉行が、あやつを始末したならば朝廷はかかわりないで通せたが……禁裏付となれば、砂屋が朝廷にかかわりのある者だと知られてしまう。禁裏付に町人を成敗する権はない」

「あっ」

言われて気づいたとばかりに平松中納言が声をあげた。

「禁裏へ出入りしている商人が、なんぞ悪事を企んで禁裏付に調べられたり、捕まったりいたしても、裁断を下すのは町奉行じゃ」

「で、では、砂屋の正体が世間に……」

「あやつがもとの侍従だとは京洛の者でも気づくまいが……公家の崩れだとは感づいたであろうよ」

怖れる平松中納言に近衛経熙が嘆息した。

「困ったものじゃ。南條蔵人のことといい、あの新しい禁裏付が来て以来、碌なことがおこらぬ」

近衛経熙が愚痴《ぐち》を漏らした。

「御所さま、砂屋が禁裏付の命を狙ったとの噂は……」

「真実《まこと》だろう。まったく要らぬことをしでかす」

「一体誰が、そのようなまねを」

「さあて、禁裏付がつごうの悪いのはいくらでもおる。女のことで失敗した二条か、内証に手を入れられた蔵人どもか、錦市場を支配し損ねた桐屋か……」

平松中納言の質問に近衛経熙が首をかしげた。

「………」

「麿ではないぞ。近衛は禁裏付がどうこうしようとしても堪《こた》えぬ。天皇家だけでなく、将軍にも近いのだからな」

近衛経熙が述べた。

五摂家筆頭とされる近衛家は代々関白や摂政を輩出するだけでなく、天皇家へ中宮を出し、内親王の降嫁を受け入れている。さらに六代将軍家宣の正室が近衛の姫であったことから、幕府との縁も深い。それこそ、目の前で人でも殺さない限り、禁裏付でも近衛家に手出しはできなかった。

「蚊に刺されるほどの痛痒《つうよう》もない者を、わざわざ金を出してまで片付けようとは思わぬ」

「畏れ入りましてございまする」

平松中納言が平伏した。

「しかし、桐屋も思ったより肚の浅い男であったな。あやつが麿のもとへ挨拶に参ってまだ一月ほどであろう。そうそうの成果が出るわけないであろうが。表だって金を撒き、麿に力を貸せというわけにはいかぬのだぞ」

近衛経熙が吐き捨てた。

公家は実利を失ったことでより名声、評判にこだわるようになった。それこそ金に卑しいなどと噂が立とうものならば、朝議に出ることはおろか、外さえ歩けなくなる。

「帰りに麿が屋敷へお出でやれ。茶でも進ぜよう」

「貴殿の屋敷の椿《つばき》が見事じゃと聞いた。稀代の歌詠みと言われる貴殿とともに是非一首と願いたし」

なんやかんやと理由を付けて、呼び出すか、訪れるかして、他人目《ひとめ》のない場所で口《く》説《ど》かなければ、なる話もならなくなる。

「牛車《ぎっしゃ》で行くのだぞ。一日に回れて二軒、三軒は厳しい。それくらいの事情も読めんとは、やはり上方者はあかん。雅《みやび》さがないわ」

「では、いかがなさいまする」

「金を貰《もろ》うたからなあ。なんもせんというわけにはいかん。もっとも急ぐ気はなくなったがの。いついつまでにとは言われておらぬし」

訊いた平松中納言に近衛経熙が応じた。

「では、次に桐屋が参っても……」

「先触れなしやったら、そなたが相手してやれ。会いたいと三日前に申し出てきたのならば、麿が会《お》うてやってもええ。そのときの機嫌しだいや」

確認した平松中納言に近衛経熙が告げた。

「そないいたしまする」

平松中納言が首を縦に振った。

「桐屋はそれでええとしてや、今朝、御所の公家の間で見てたら、広橋中納言がおもしろい顔色をしてたが、なんぞ、そなたは知っておるかの」

近衛経熙がようやく身体を平松中納言へと向けた。

御所には車台という牛車を着ける玄関口から、廊下を右に曲がったすぐのところに朝参した公家たちが朝議の始まりや天皇からの呼び出しを待つ大広間があった。そこを公家の間と言い、高位の公家から順に虎の間、続いて鶴の間、桜の間となっていた。

もちろん近衛家は虎の間の最上段であり、広橋中納言は鶴の間のなかほどがその座として定められていた。

「噂では、広橋中納言さまが、禁裏付東城典膳正になにやらを告げに行って、返り討ちに遭ったそうで」

「返り討ち、なんやそれ」

聞いた近衛経熙が怪訝な顔をした。

「日記部屋当番の仕丁から訊き出しましたところによると……」

「あほうか、武家伝奏は」

近衛経熙があきれた。

「もうちょっと考えてからせんかいな」

「拙速でございますやろか」

「兵は拙速を尊《たっと》ぶというけどな、あれは武家の話や。公家はじっくりと腰を据えて、こう行けば相手がこう来る、そしたらこないすると三手先まで読んでからやなかったら、ちょっかい出したらあかん。広橋は武家伝奏を家業としている間に、染まってしまったんかいな」

尋ねた平松中納言に近衛経熙が応えた。

「中納言、しばらく広橋中納言から目を離しなや。やられっぱなしで辛抱できるほど広橋中納言は、いや、公家は甘うない。しっかり相手にやり返すはずや。その策を見てから、力を貸すか、逆に禁裏付に味方するかを決めるわ。二条が敵対した今、禁裏付の後ろ盾はないからの。そこに麿が入ったら幕府も喜ぶやろう」

「わかりましてござりまする」

にやりと笑う近衛経熙に平松中納言がうなずいた。

四

九平次は五条市場で、桐屋利兵衛から命じられた噂を広めていた。

「ほええ、禁裏付はんが商人を無礼討ちに」

「いつも抜き身の槍をひけらかして、京洛を好きにしてはったさかい、いつかはこうなるやろうと危惧してたわ」

九平次の話を桐屋利兵衛と近い五条市場の者たちが信じた。

禁裏付は京を武力で脅すのも役目であった。そのため、行列の先頭には鞘を外した槍を押し立てて、その光る穂先で公家、庶民の区別なく威圧して回る。さすがに鷹矢はそこまでしてはいないが、鞘附きの槍は身分の上からも立てなければならない。

だが、今までの禁裏付、さらに相役の黒田伊勢守も抜き身の槍を掲げている。

京の者にしてみれば、それが鷹矢なのか、黒田伊勢守なのかは関係なかった。

「横暴やろ」

「そうでんなあ。町屋の者が無礼討ちに遭うなんて、聞いたことおまへんで」

九平次の向けた水に一人が乗った。

武家の無礼討ちは禁止されてはいないが、よほどの状況でなければ無罪放免とはならなかった。当たり前である。武家の機嫌を損ねたら殺されても文句は言えないとなれば、商人や遊女は戦々恐々として生きなければならなくなる。

明文化はされていないが無礼討ちが認められるのは、本人へのものではなく、主君あるいは将軍家を誹謗中傷したときがほとんどであった。

もし、九平次の言うように罪のない商人を気に入らないといった理由で斬り殺したとあれば、禁裏付といえども無事ではすまなかった。

「かといって、わたいらではなんもできまへん」

もう一人がうつむいた。

「せやねんなあ」

わざとらしく九平次も嘆いた。

「禁裏付のお屋敷の方は、ここにも買いものに来はるやろう」

「錦市場と親しいとはいえ、あそこにないものはここまで買いに来はるやろうなあ」

「そんなん、値引きせえへんかったと言って、無礼討ちなんぞされたら、たまらんわ」

「そうや、そうや」

五条市場の連中が気炎をあげ始めた。

「嘆願しょうやないか」

九平次がここぞと口を出した。

「嘆願……」

「京都所司代さまに禁裏付はんに注意をしてくれとお願いするんや。五条市場の総意として行けば、京都所司代さまも無下《むげ》にはしはらんと思うで」

「町奉行所やったらあきまへんのか」

言う九平次に五条市場の男が怪訝な顔をした。

商人と町奉行所は深いつきあいがあった。治安の維持や物価の制限などは町奉行所の役目であり、それらを円滑に加減してもらうため贈りものなどを商人はする。

その点、西国大名の監視、朝廷との交渉などを主たる任とする京都所司代と町人はまったく縁がなかった。

そもそも、京の町に出される令や法度、町触れなどは京都町奉行所がおこなうのだ。京都所司代の場所は知っているけど、誰がやっているかを知らない町人のほうが多い。

「あかん。町奉行所は頼れん。忘れたんかいな、錦市場を落とすために町奉行所の与力はんを使ったことを。錦市場の世話役枡屋茂右衛門によって、ならんかったやろう」

「……あっ」

「そうやった」

五条市場の連中が顔を見合わせて、気まずそうにした。

「それに京都東町奉行の池田丹後守《いけだたんごのかみ》さまは、禁裏付の東城典膳正さまと親しいと聞いたで」

九平次が止めを刺した。

「そら、あかんな」

「となれば、京都所司代はんしかないかあ」

「誰ぞ、京都所司代はんに知り合いはいてへんか」

五条市場の男たちが顔をつきあわせて話し出した。

「……あのう」

隅のほうに座り、目立たなかった男が手をあげた。

「うちに所司代の台所役人さまがお出でになりますけど」

「すまんが、どこのどなたはんや」

おずおずと口を出した男に九平次が訊いた。

「乾物取り扱いを家業としております網野屋六兵衛《あみのやろくべえ》で」

「干物屋はんか」

名乗りを聞いた九平次が大声を出した。

「へい。三代前の主が、どうやってかは伝わってまへんが、所司代の台所役人さまとおつきあいを作り、受け継がれて今に至ってますねん」

網野屋六兵衛が述べた。

京都所司代は大名役である。旗本と違って家臣の数に余裕があるため、台所役人、表御殿の掃除などを担当する小者、奥向きを仕切る女中なども自前で引き連れてくるのが決まりであった。京都所司代が転任するたびに、台所役人も代わる。だが、勝手のわからない異郷である。出入りの商家はそのまま受け継がれることが多かった。

「網野屋はん、さっきの話を所司代はんへ持ちこんでくれるか」

「……それはあ」

九平次の求めに、網野屋六兵衛が嫌そうな顔をした。

「わたいは弁がたちまへんよってに、うまいこと話を持っていけまへん」

「そこをなんとか頼むわ。京の者《もん》のためや」

「そんなん言われても、見たこともない、うちの店で鯵《あじ》の一枚も買うてくれてない連中のために、お武家はんと話をするやなんて……」

大義名分を押し出してきた九平次に網野屋六兵衛が手を振って拒んだ。

「禁裏付は錦市場と結託してるんやで。このまま放置していたら、五条市場の店が狙われるぞ」

「いくらなんでも、そんなまねはしはりまへんやろ」

網野屋六兵衛が九平次の脅しを否定した。

「五条市場のためやと言うてもあかんか」

「ご紹介だけはしますよって、お話はそちらでやっとくれやすな。へんに怒らせて、出入りを禁じられたら、うちの店が困りますよって」

正論で網野屋六兵衛が抗した。

「五条市場よりも、吾が店が大事かいな」

九平次の声が低くなった。

「そうか、それは残念や」

「……すんまへんな」

あきらめたような九平次へ網野屋六兵衛が頭を下げた。

「市場のための努力もせん者を組に入れるわけにはいきまへんな、皆の衆」

「そうですな」

「たしかに」

九平次から同意を促された他の商店主たちが首を縦に振った。

「な、なにが……」

「網野屋六兵衛はん、長らくご苦労はんでしたな。五条市場から抜けておくれやす」

戸惑う網野屋六兵衛へ九平次が告げた。

「な、なにを言うてはりますねん。網野屋は五条市場で七代続いた古株や。昨日今日店を出したおまはんから指図される覚えはないで」

網野屋六兵衛が精一杯の威を張ってみた。

「こない言うてはりますが、皆はんどない思いますやろ」

九平次が他の五条市場の面々を見た。

「老舗《しにせ》でも、皆のことを考えられへん御方はちっと」

「長い短いやおまへん、どれだけ市場に貢献できるかでっせ」

五条市場の面々が九平次に合わせた。

「なんでやねん。伊東屋はん、大津屋はん、お互い子供のときからのつきあいですやんか」

見捨てられた網野屋六兵衛が泣きそうになった。

「もう、子供やないっちゅうこってんな」

九平次が冷たく断じた。

「……………」

「さて、組内ではなくなったんやから、さっさと出ていっておくれやす。ああ、店仕舞いはこの月末まで待ったげます。いきなりでは、お客はんも戸惑いはるやろうし」

啞然としている網野屋六兵衛を九平次が追い出した。

「よろしいんか。詫び入れさせて、所司代さまの台所役人はんへ話させたほうが……」

大津屋と網野屋六兵衛に呼ばれた商店主が、九平次の対応に疑問を呈した。

「見せしめですわ。詫びれば逆らっていても許されると思われても困りますよってな。桐屋は甘くおまへん」

九平次が全員を睨みつけた。

「……うっ」

「怖っ」

商店主たちが縮みあがった。

「誰ぞ、伝手はおまへんのか」

「…………」

もう一度問うた九平次に、誰も応じなかった。応じたら網野屋六兵衛の二の舞になるとわかっているのだ。かかわり合いになりたくないと、考えて当然であった。

「いてはりまへんか……しゃあないな。なんとかこっちでしますわ。その代わり、後で文句は受け付けまへんで」

九平次が任せろと念を押した。

「ほな、これで」

話は終わったと九平次が去っていった。

「大津屋はん、よろしいのか」

「……しゃあおまへんがな、伊東屋はん」

残された商店主たちが顔を見合わせた。

「おまはんとこは、桐屋はんから金を借りてまへんのか」

「借りてるわ。そういうおまはんもやろ」

「そうや」

「うっとこも借りてる」

「うちなんぞ店は桐屋はんのもんになってる。わいは雇われ店主じゃ」

商店主たちが口々に述べた。

「金がないのは首がないのと一緒とは、よう言うたもんや。わたいらは桐屋はんの言うがままに動く人形や」

「網野屋はんはかわいそうに」

「なにがかわいそうなもんかい。皆で罠に嵌めたようなもんやないか。善人ぶりなや、気悪いわ」

ため息を吐いた伊東屋に大津屋が吐き捨てた。

「明日は我が身……」

商店主の誰かが呟いた。

五

土岐は光格天皇の床下に入りこんでいた。

「主上」

「土岐か。いきなり足下から声は気持ち悪いぞ」

光格天皇が苦笑した。

「申しわけおまへん。天井裏やと声を大きくせんと聞こえまへんので」

土岐が床下を選んだ理由を語った。

「気にせずともよい。言うてみただけじゃ。で、本日は典膳正の後始末か」

笑いながら光格天皇がからかっただけだと言い、土岐の用件を当てた。

「さすがは主上」

「よせ、爺に褒められるのは、背中がかゆうなる」

光格天皇が苦笑した。

「典膳正ですが、無事にもとの侍従を片付けましてございまする」

口調を敬虔《けいけん》なものにして土岐が告げた。

「そうか、あやつは死んだか」

「あいにく主上のお気持ちを推測できませず……」

「しかたないことだが……朕《ちん》の想いは届かなかったか」

「…………」

落ちこむ光格天皇に土岐が黙った。

「諸大夫の娘はどうした」

「それにつきまして、お願いがございまする」

「申せ」

光格天皇が土岐を促した。

「あの女を中宮雑仕女にしていただきとう存じまする」

「御所で面倒を見ろと」

「お願いいたしまする」

光格天皇の確認に土岐が首肯した。

「……大事ないのか。御所に危ない者を入れるのは」

「大事ございませぬ。女は不満を砂屋に埋めてもらっていただけのようでございますれば。そもそも、女は妾腹で、実家に居所が……」

懸念する光格天皇に土岐が語った。

「もと侍従といい、諸大夫の娘といい、朝廷の力のなさが原因とはな。情けのうて涙がでるわ」

光格天皇が無念そうに眉間にしわを寄せた。

「しゃあおまへんわ」

主題は終わったと土岐が口調を戻した。

「主上さまが高御座に在られる、何百年も前から朝廷から政は奪われ、天皇に力はなくなりましてん。主上のせいやおまへんで」

「だが、今の主上は……朕ぞ」

慰められた光格天皇が首を横に振った。

「…………」

土岐はなにも言わなかった。

「まあいい。力がないのはわかっていたことだ。ただ、あらためて思い知らされるのは辛いの」

「申しわけおまへん」

土岐が謝罪した。

「どこでまちがえたのかの、先祖は」

嘆く光格天皇に土岐はなにも言えなかった。

「血を見ることを嫌ったところあたりだろうが……」

かつて天皇家は出雲王家《いづもおうけ》や長髄彦《ながすねひこ》など、地元に根付いていた王朝を滅ぼして、天下を取った。その折には天皇が直接剣を振るった記録もある。

「…………」

「武家を引き合いに出すまでもないが、天下を取るには血を流し、流させねばならぬ。

そして維持するにもその覚悟が要る。それを嫌った」

聖武天皇に至っては武を嫌い、朝廷の軍を撤廃している。

「先祖のやってきたことを否定してどうするというのだ」

「…………」

黙って土岐は聞き続けた。

「天下を仁で支配できたら……戦《いくさ》はなくなると思うか」

不意に光格天皇が問うた。

「できましょう」

土岐が即答した。

「いいや、天下から争いは消えぬ」

光格天皇が首を左右に振った。

「畏れながら、なぜでございましょう」

思わず土岐が問いかけた。

「簡単なことよ。仁ある主君などおらぬからな」

表情のない顔で光格天皇が告げた。

「……それはっ」

土岐が絶句した。

「それにの。もし仁の主君が出たとして、家臣がそうでなければ同じであろう」

光格天皇が続けた。

「家臣まで仁ある者で揃えるのは無理だ。数が多すぎる。一人でも仁ならざる者がいた段階で政は崩壊する」

「…………」

土岐はなにも言い返さなかった。

「天下人だからといって、世のすべてを知れるわけでもなし。どうしても配下に頼らなければならなくなる。京にいて蝦夷《えぞ》の年貢を集めることはできぬし、薩摩《さつま》の負役を確認することもできぬ。間に入った者の報告を信用するしかないのだ」

光格天皇が大きく息を吐いた。

「爺よ。だからそなたたちは生まれたのだ。下からあがってくる報告が信用ならぬから、吾が目、吾が耳、吾が鼻となって真実を確かめてくる者がな、要る」

「主上……」

いたわしそうな声を土岐が出した。

「のう、土岐」

「はっ」

呼ばれた土岐が身を正した。

「一つ予言をしよう」

光格天皇がみょうなことを口にした。

「予言でございまするか」

「そうだ。決して外れぬ予言ぞ。畏《かしこ》まって承れ」

楽しそうに光格天皇が繰り返した。

「間もなく、徳川幕府は潰《つい》える。いや、武家の世が終わる」

「…………」

　土岐は反応できなかった。

「武家が公家のまねをして、礼儀礼法を第一にしだした。武をもって成った者が、武を否定する。それは己の足下を危うくしているのだ。将軍の父にどのような称号を贈ろうとも、好きにすればよいのだ。文句を言われたら、武力で抑えつける。それが武家というものだろう。大義名分が欲しいがために、勅許を求めた。これがなにを意味するか、わかっておらぬ。いつか幕府は、今回のことで武が礼に屈したと気づくだろう」

　光格天皇が語った。

「幕府がいつ気づくかよ。間に合うか、間に合わぬか。それによって、またも本朝で戦いが起こるだろう」

「主上」

　宣した光格天皇に土岐が息を呑んだ。

「あと何年あるやら……」

光格天皇が呟いた。

枡屋茂右衛門は、京で売り出し中の絵描きでもある。伊藤若冲という画名で絵を描きたいがために、店を弟に譲って隠居した。

鷹矢と知り合ってからは、禁裏付役屋敷に出入りするようになっていたが、毎日というわけにはいかない。請け負っている襖絵などを仕上げなければならないからであった。

相国寺《しょうこくじ》の門を潜った枡屋茂右衛門は納所に声をかけた。

「おはようさんでございます」

「若冲先生、もう、そんなころあいですかな」

奥から顔を出した壮年の僧侶が、枡屋茂右衛門を見て言った。

「へえ。そろそろ手入れをさせていただかねばと思いまして」

「かたじけのうございますな。どうぞ、書院へ。蔵に収めておりますので、僧侶どもに運ばせまする」

壮年の僧侶がすぐに手配をすると言った。

「昼から所用がございますので、五幅だけお願いできますやろうか」

「承知しました」

枡屋茂右衛門の願いに壮年の僧侶がうなずいた。

伊藤若冲は二十年近く前、動植綵絵《どうしょくさいえ》と名付けた動物や植物を題材にした三十幅に及ぶ大作を相国寺に寄贈していた。

まだ青物屋の主として働きながら、九年という歳月をかけて描いた動植綵絵は、枡屋茂右衛門にとっても思い入れの深いもので、年に一度は手入れをしに来ていた。

「立てかけておくれやす」

絵は拡げたときに完成する。手を入れるには、一度床へ置かなければならないが、その前に全体を把握することが必須であった。

「……これはよろしおす」

手を入れなくてもいいと枡屋茂右衛門が告げた。

「少し絹が浮いているような……」

枡屋茂右衛門が一幅ずつをていねいに確認していった。

「……ありがとう存じまする」

五幅を見終わった枡屋茂右衛門が手伝ってくれた若い僧侶たちに頭を下げた。

「お疲れでございましょう。よろしければ午餐をご一緒くだされ」

最初に相手をした壮年の僧侶が、枡屋茂右衛門を誘った。

「遠慮なく」

枡屋茂右衛門も受けた。

京でも指折りの名刹であるが、寺院の食事は質素なものであった。茶がゆに梅干しだけの食事を枡屋茂右衛門はゆっくりといただいた。

「ご馳走さまでございました」

「粗末でございました」

枡屋茂右衛門と壮年の僧侶が合わせたように箸を置いた。

「そういえば、若冲先生」

白湯を手にした壮年の僧侶が口を開いた。

「なんでございますやろう」

寺院での食事は無言でおこなうのが決まりであった。僧侶の一日はすべてが修行であり、浮ついたものであってはならない。

「少し耳に挟んだことがございましてな」

一度壮年の僧侶が言葉を切った。

「……百万遍の禁裏付さまが、殺生《せっしょう》をなされたとか」

「どこからその話を」

枡屋茂右衛門が表情を変えた。

「質問に質問で返されては困りますな」

壮年の僧侶がまず、答えをと求めた。

「いや、誹謗中傷の類もございますで、確認いたさねばなりませぬ」

「それを求められるということは、殺生をなされたのでございますな」

「したとは申しておりまへん」

「言われたも同じだと申しておりまする」

二人が遣り合った。

「そもそも、なんでわたくしに訊かはりますので」

枡屋茂右衛門が問うた。

「それは、若冲先生が禁裏付さまとお親しいからでございまする」

「親しいと。なるほど」

枡屋茂右衛門が納得した顔をした。

「ところで、和尚はん」

「なんでございましょう」

「親しければ、相手のすべてを知っているのでございましょう」

「すべて……」

言われた壮年の僧侶がしまったという顔をした。

「和尚はんはお弟子さんのすべてをご存じでございましょうな」

「…………」

壮年の僧侶が黙った。

「ついでにもう一つ」

枡屋茂右衛門が冷たい目をした。

「和尚はんは、わたくしが親しい御方のことをあっさりしゃべるとお考えですねんな」

「そ、そんなつもりは……」

口が軽いと思っていると言ったも同然だと気づいた壮年の僧侶が焦った。

「もう、お目にかかることもおまへんやろう。お達者でお過ごしを」

「お、お待ちを」

決別の言葉を出した枡屋茂右衛門に壮年の僧侶が蒼白になった。

今人気の絵師に莫大な寄贈を受けていながら、無礼をして絶縁を突きつけられた。これが表に出れば、壮年の僧侶の立場はなくなる。破戒扱いにはならないにしても、寺を放逐されても不思議ではなかった。

「どこから、その話を聞きなはった」

立ったままで枡屋茂右衛門が壮年の僧侶を見下ろした。

「出入りの商人が、市場で噂を」

「ほう。それで確認してどないしはるおつもりですか」

「お寺前の禁裏付さまにお話しを」

鷹矢と同役の禁裏付黒田伊勢守の役屋敷は、相国寺の門前町にあった。

「なんでそんなまねを」

「頼まれたのでございまする。当寺と若冲先生が親しいことをご存じで、お見えになったら百万遍の禁裏付はんの話を訊き出してくれと」

「いつ」

「昨日でございまする」

続けざまに問う枡屋茂右衛門に壮年の僧侶が正直に答えた。

「……昨日。ほう」

枡屋茂右衛門が目を細くした。

第五章　嘘と真

一

朝議は公家たちにとって、なにより重いものであった。

もっともそれは公家が天下の実権を握っていた平安のころまでの話で、武家が台頭してきて以来その価値は落ち続け、今ではただの日常行事になっていた。

「では、これで」

朝議はなんの問題もなく終わる。

そしてここからが、公家の本領発揮となる。

「卿たちよ。ちいと話を聞いてくれぬかの」

近衛右大臣経熙が虎の間へ戻ったところで口を開いた。

「なんじゃ」

「どのようなことでおじゃる」

一条左大臣輝良《いちじょうさだいじんてるよし》と鷹司関白輔平《たかつかさかんぱくすけひら》が応じた。

「前関白《さきのかんぱく》どのも大納言もよいかの」

諾否をあきらかにしなかった前関白九条尚美《くじょうなおざね》と二条治孝にも近衛経熙が確認を求めた。

「麿は、この後、所用があるゆえ、御免こうむるわ」

九条尚美が席を立っていった。

「大納言は」

「よろしかろうず」

おまえはどうすると問われた二条治孝がうなずいた。

「では……」

「よいのかの、右大臣。前関白どのがおらずとも」

話し出そうとした近衛経熙を鷹司輔平が遮《さえぎ》った。

「大事ないわ。前関白どのが要るならば、朝議の場でやっておる」

近衛経熙が首を左右に振った。

「ほならええわ。なんぞかの」

鷹司輔平が近衛経熙を促した。

「ちいと気になる噂を聞いたさかい、皆の意見を知りたいと思うてな」

「噂……」

「なんやろ」

近衛経熙の話に鷹司輔平と一条輝良が首をかしげた。

「耳にしてへんのかいな。卿たちの家宰どもはなにをしてるんや」

「右大臣はん、他人の家の者《もん》にけちをつけるのは、止めてもらおうか」

一条輝良が苦情を言った。

「そうか。これだけのことや知らんはずはない。そして知った以上、主のもとへ届けるのが家宰の役目やと思うがの」

近衛経熙があきれた顔を見せた。

「わざわざ報せるほどのことやないと判断したんやろ。どうせ、噂よ」

鷹司輔平も一条輝良に同意した。

「ただの噂なあ」

しみじみと近衛経煕がため息を吐いた。

「その噂を駆使して武家をあしらってきたのが、我らやなかったんかいな」

「………………」

「むう」

近衛経煕の発言に鷹司輔平と一条輝良が詰まった。

武家が天下を取って、公家はその力を失った。それは全国に持っていた荘園を武家に簒奪され、収入のほとんどを失ったからであった。

力をなくした公家の価値は名前だけになった。そうなってから数百年、徳川家康が天下を取り、泰平の世になるまで、公家は喰うや喰わずの生活を送りながらも生き延びた。

その主力は名家という血だったが、それ以上に公家たちは噂を駆使して、武家たちを操ったのだ。

「帝《みかど》は何々家ではなく、貴殿に期待を寄せておられる」

「某《なにがし》は朝廷への崇敬《すうけい》が薄いとか。やがて神罰が下りましょう」

敵対する大名同士へ使いを出して、大義名分はそちらにあるといい、対立を深めさせたり、

「何々守《なになにのかみ》を貴殿に授ける理由はおわかりであろう」

隣国への野心を露わにしている大名の背中を押したりして、武家の闘争心を煽り、朝廷へ害意を向けさせないように努力し続けてきた。

もちろん、噂だけに頼ったわけではなかった。

「姉姫を貴殿に妹姫を何々殿に嫁がせたうえは、両家は親族でござる。ともに手を取り合って天下泰平を為し遂げられよ」

力ある者同士を結びつけ、その援助を受けるなどして生活を維持してきた。

「ほしたらまずは、その噂を聞かせてもらおうやないか」

鷹司輔平が近衛経熙へ要求した。

「ほんまに知らんとはな」

近衛経熙が首を小さく振りながら話した。

「禁裏付、東城典膳正が無辜《むこ》の民を斬り殺したという噂じゃ」

「なんだと」

「そのようなことが……」

聞いた鷹司輔平と一条輝良が驚愕した。

「あくまでも噂やけどな、放置はでけへんと麿は思うたのよ」

噂で真実かどうかは知らないと、近衛経熙がしっかりと逃げを打った。

「たしかに、真ならば、主上のお側たる武者溜《むしゃたまり》に、そんな血で汚れた者を入れるわけにはいかんな」

「神域たる禁裏へ足を踏み入れさせてはならん」

鷹司輔平と一条輝良が口々に鷹矢を批判した。

「……大納言、どないした」

ずっと黙っている二条治孝に近衛経熙が話しかけた。

「麿が口を挟むところではない」

二条治孝が勝手に話を進めろと応じた。

「そうかいな。一番、卿が親しいと聞いたんやがな」

「禁裏付などと親しいわけなかろうが」

怪訝そうな近衛経熙に二条治孝が怒った。

「ほうか。これも噂やけど、卿が典膳正に捨て姫を世話したと……」

「す、捨て姫などという下卑たものを磨がするはずなかろうが」

捨て姫とは貧乏公家の娘を金で武家や商人の妾にするとの意味である。二条治孝が一層険しい顔で否定した。

「それはすまなんだの」

二条治孝の怒りなど堪えもせず、近衛経熙が口だけで詫びた。

「些末《さまつ》な話はおいておくべきじゃ」

逸れかけた話題を鷹司輔平が阻止した。

「そうやったな。大納言はなんも言わんそうやから、このまま続けようか」

近衛経熙が同意した。

「問題は、この噂をどうするかや」

「どうするかとは……典膳正に聞き質せばすむことやないか」

一条輝良が述べた。

「本人が認めると思うか」

「認めへんやろうな」

確認するような近衛経熙に一条輝良が気づいた。

「認めなかったときにどないするかを決めとくということかいな」

「そうや」

近衛経熙が首肯した。

「事実かどうかを我らは確認でけへんやろう。検非違使《けびいし》でも弾正台《だんじょうだい》でも町奉行所でもないんや。うちらの家宰や臣どもを使うても、なんもわからへんやろ」

「そうやな」

「検非違使も弾正台も名前だけになってしもうとるからなあ」

鷹司輔平と一条輝良が認めた。

「町奉行所にさせてはどうじゃ。我らから訴えれば、動くであろう」

一条輝良が提案した。

「あかんなあ。町奉行所は旗本に手出しはでけへん」

近衛経熙が首を左右に振った。

「所司代にさせるのはどうじゃ。戸田因幡守なら禁裏付を咎めることができるはず」

鷹司輔平が代案を出した。

「それもどうやろう」

「なんぞ問題でもあるんかいな」

乗り気でない近衛経熙に鷹司輔平が尋ねた。

「今の所司代戸田因幡守は、老中首座松平越中守と仲が悪いやろ」

「仲が悪いとはおもしろい表現やな。敵対している、いや、なんとか越中守から身を守ろうとしていると言うべきやないか」

近衛経熙の言葉を鷹司輔平がより詳細に告げた。

「まあ、そうなんやけどな。それを麿は懸念してるねん。禁裏付は老中支配やけど、その任地にある間は所司代の管轄を受ける。そうやな、広橋中納言」

鶴の間で控えている広橋中納言へ近衛経熙が確かめた。

「仰せの通りでおじゃりまする」

広橋中納言が頭を垂れて肯定した。

「それがどないかしたんか」

鷹司輔平が疑問を呈した。

「つまりは、今の禁裏付は所司代の配下っちゅうことや」

「それやったら、よりええやないか。所司代の命に禁裏付は従わなあかんねんやろ。噂が真実かどうかを問われたら、正直に答えるはず」

「わからへんのかいな。所司代はいわば禁裏付の上役や。配下の失敗は上役の汚点やないか」

首をひねっている鷹司輔平に近衛経熙が説明した。

「責任を負わされる……か」

「そうや。越中守に狙われている因幡守やで。少しの瑕疵《かし》でも避けたいやろう」

ようやく飲みこめた鷹司輔平に近衛経熙が言った。

「ほな、どないすんねんな」

鷹司輔平が訊いた。

「禁裏付のことは禁裏付や。もう一人の禁裏付に調べさせたらええ」

「もう一人の禁裏付って、誰やったかの」

近衛経熙に言われた鷹司輔平が悩んだ。

五摂家はまず禁裏付の監査を受けることがない。五摂家に手出しをするというのは、朝廷とことを構えるに等しいだけに、禁裏付は直接の手出しをせず、老中へと報告をあげ、幕府から朝廷へ対象となった五摂家の隠居を勧めるという形を取った。

「広橋中納言」

「黒田伊勢守でございまする」

近衛経熙から振られた広橋中納言が答えた。

「伊勢守ちゅうねんな。それでできるんやろか。同役やろ」

鷹司輔平がまともに調べるのかと疑念を持った。

「同役やからこそや。なあ、大納言」

皮肉げな目で近衛経熙が二条治孝を見た。

「知らん」

嫌そうな顔で二条治孝が横を向いた。

二条治孝は、己よりも遅く家督を継いだ一条輝良に官位官職で抜かれたことを根に持っている。それを近衛経熙が揶揄《やゆ》したのである。

「同役は出世の敵やからな」

一条輝良が勝ち誇った表情を浮かべた。

「……くっ。帰る」

二条治孝が席を蹴って出ていった。

「若いのう」

近衛経熙が小さく笑った。

「うらやましいことじゃ」

鷹司輔平がほほえんだ。

「…………」

無言で一条輝良が見送った。

「さて、五摂家が三人に減ってしもうたが、まあ半分より多いよって、このまま進めても問題はないいな」

座を近衛経熙が仕切り直した。

「右大臣に任せる」

「麿も関白どのに同意いたそう」

鷹司輔平と一条輝良も認めた。

「ほな、武家伝奏広橋中納言」

「はっ」

厳かな声で呼ばれた広橋中納言が、鶴の間上段襖際まで膝行して平伏した。

「黒田伊勢守に東城典膳正のこと預ける。今上さまのおもとに噂が届かぬうちにとな」

「はっ。その旨、黒田伊勢守に言い聞かせまする」

主旨をまちがいなく伝えると広橋中納言が承伏した。

二

鷹矢は弓江に注意を払っていた。

武家の娘として耐えがたい屈辱を経験したのだ。いつ自害をしても不思議ではない。

「気遣ってやってくれ」

「承知しておりますえ」

鷹矢が四六時中見張っているわけにもいかない。禁裏付としての役目はもちろん、風呂など男が入れないところもある。

鷹矢は温子にも協力を頼んだ。

「でも、たぶんですけど、大丈夫やと思いますわ」

明るく温子が述べた。

「なぜわかる」

「愛しい殿方に救われた命でっせ、無駄に捨てたりしたら死んでも嫌われますやろ。それは女にとって耐えられまへんよって」

首をかしげた鷹矢に温子が微笑んだ。

「………」

「もちろん、譲る気はおまへん」

黙った鷹矢に温子が宣言した。

「ほな、布施さまの様子を見てきますわ」

温子がすっと去っていった。

「……わかってはいるのだが」

二人が思慕《しぼ》の情を寄せてくれていると、さすがの鷹矢も気づいている。ただ、決断ができなかった。

「今は妻を娶れるような状況ではない」

禁裏付としての役目だけでなく、いろいろなことが続いていた。命を狙われたことも一度や二度ではなかった。

「これほど禁裏付とは危ない役目であったのか」

使者番から禁裏付に抜擢された鷹矢は、遠国の役目に疎《うと》い。

「朝廷は名分だけの力なき者であったはず」

東国《あずまのくに》と称される江戸では公家を長袖《ちょうしゅう》と呼んでいた。長袖とは指先まで隠れる公家の直衣《のうし》などを示し、そのことから腕の自由が利かず戦えないものとの蔑称として使われていた。

「洛中とは魔境であったか」

鷹矢はため息を吐いた。

「そういえば、檜川はどうなった」

砂屋楼右衛門の四神との戦いで、檜川は右肩に傷を負っていた。日常生活はなんとか送れているようだが、とても刀を振るうことはできない。

「いずれは癒えようが……」

檜川の戦力は一気に落ちた。今の檜川は鷹矢を守る矛ではなく、その身を使った盾でしかなくなっている。

「死なせるわけにはいかぬ」

譜代の家臣どころか、まだ召し抱えてそれほど日を重ねてはいない。それでいながら、もっとも濃密な日々を過ごしてきた。檜川は鷹矢にとってなくてはならない者となっていた。

「警固がおらぬ」

檜川が欠けた今、鷹矢を守る者はいない。

御所への出退をおこなう行列の供は日雇いで借りているだけの者で、なにかあれば鷹矢など放り出して逃げ出す。

「配下の与力、同心も遣えぬ」

禁裏付には与力十騎、同心四十名が付属している。しかし、与力、同心から見れば鷹矢は上役でしかなく、主君とは違う。

仕官がまず無理な寛政の世では、主君と家臣は一心同体にならざるを得ない。主君になにかあれば家が潰れ、家臣は禄を失う。

対して、上役と配下は強固な関係ではなかった。上役になにかあったところで、配下は禄を奪われるわけではない。あきらかに配下の失策で上役に傷を負わせる、死なせるなどであれば、責任を取らなければならなくなるが、そうでなければ新しい上役を迎えるだけなのだ。

なにより禁裏付という役目の範疇から外れる鷹矢の警固を与力、同心に命じられなかった。

「新たに家臣を召し抱えるにしてもだ……檜川ほどの者がおるだろうか」

実際に戦わせたことで鷹矢は檜川の腕のすさまじさを知った。

「吾が師でも勝てるかどうか」

鷹矢にも剣の師匠はいた。名門旗本の常として、道場へ通うのではなく出稽古を頼んでいたが、子供のときからずっとその剣を見てきた鷹矢である。もちろん、その全力を師匠は見せていないが、それでも檜川のほうに軍配を鷹矢はあげる。

「枡屋に頼むか」

高位の公家、名刹、豪商とつきあいのある枡屋茂右衛門に頼る。鷹矢にはそれしか思いつかなかった。

「東城さま」

苦吟している鷹矢に声がかけられた。

「布施どのか」

「はい」

驚いて確認した鷹矢に、居室の襖を開けて顔を見せることで弓江が証明した。

「大事ないか」

「お心を煩《わずら》わせましたことをお詫びいたしまする。温子どのより、できるだけ東城さまに顔を見せるようにと言われまして……」

元気な姿を見てもらえと温子に背中を押されたと弓江が言った。

「無理はいたさぬよう」

いつもと変わりない様子に鷹矢が安堵した。

「用件はそれだけか」

「枡屋茂右衛門さまがお出でてございまする」

尋ねた鷹矢に弓江が用件を述べた。

「お通しせよ」

「はい」

鷹矢の許可を受けて、弓江が枡屋茂右衛門を連れてきた。

「……なにがあった」

入ってきた枡屋茂右衛門の顔を見た鷹矢が眉間にしわを寄せた。

「典膳正さま、よろしくないことが」

枡屋茂右衛門がていねいな口調になった。

「なにがだ」

「さきほど……」

相国寺でのことを枡屋茂右衛門が語った。

「黒田伊勢守どのが、吾を探らせていただと」

鷹矢が怪訝な顔をした。

黒田伊勢守とは赴任以来、干渉もせずうまくやってきたつもりであった。

「相国寺の僧侶だけやおまへん」

枡屋茂右衛門の表情は険しいままであった。

「まだあるのか」

「一度店に戻りましたところ、五条市場に属していた乾物屋の網野屋六兵衛と申す者が、錦市場に移りたいと申して参っておりまして……その網野屋が五条市場で禁裏付さまが罪のない商人を無礼討ちにしたとの噂を聞いたと」

「なんだと」

鷹矢が絶句した。

「さらに、そのような横暴な禁裏付がいては、安心して商売ができないと所司代さまへ訴え出てるとか」

「……誰がなにを考えている」

そこまでくれば、裏があると鷹矢でも気づく。

「砂屋を雇った連中でございましょうなあ」

「それが五条市場にかかわりあると」

「はい」

おそらくでもたぶんでもなく、枡屋茂右衛門が断言した。

「となれば、一人だな」

「でございますな」

鷹矢と枡屋茂右衛門の意見が一致した。

「桐屋」

「……………」

名前を口にした鷹矢に枡屋茂右衛門が無言で同意を表した。

鷹矢と桐屋利兵衛は一度だけ直接遣り取りをしている。桐屋利兵衛が五条市場だけでなく錦市場も支配下に置こうとして、左前になっている店を何店舗か買い取り、そこを足場として錦市場の世話役になろうとして、枡屋茂右衛門を脅しにかかったときだ。

交渉でどうにもならないだろうと読んでいた桐屋利兵衛は、枡屋茂右衛門を襲うために無頼も用意していた。だが、それは偶然、枡屋茂右衛門に用があり錦市場を訪れた鷹矢によって、潰えた。

「錦市場を手にするには人望厚い枡屋茂右衛門を排さなあかん。そして枡屋茂右衛門を片付けるには、禁裏付が邪魔や」

桐屋利兵衛はこうして鷹矢と敵対した。

「馬鹿としか思えぬ」

鷹矢が桐屋利兵衛のやりかたにあきれかえった。

「周りが見えてないんですやろうなあ。桐屋というのは、大坂でもさほど歴史があるわけやなく、利兵衛一代でかなり大きくなったみたいですけど、鴻池はんや天王寺屋《てんのうじや》はんといった老舗からは相手にされてないそうで」

「そんなやつが、なぜ金よりも歴史に重きを置く京へ来た。己が京で歓迎されるわけなどないことくらいわかっているだろう。まだ、江戸へ出たほうがましなはずだ」

枡屋茂右衛門と鷹矢が嘆息した。

「江戸は遠すぎますよってなあ。そう、ちょくちょく出店を見にいくというわけにはいきまへんから」

「任せた者を信用しないと」

「するようなやつが、禁裏付はんを襲わせますかいな」

「市場の世話役もな」

今度は二人して笑った。

「笑いごとではございません」

案内したまま茶の用意をしようと残っていた弓江が怒った。

「東城さまを人殺し扱いするなど……」

「落ち着かれよ、布施どの」

「そうでっせ。まあ、男はんを貶《けな》されて腹立たしいのはわかりまっけどな」

憤慨する弓江を二人がかりで宥めた。

「ですが、所司代さまを相手にするとなると……」

弓江が怖れを抱いていた。

「所司代は、戸田因幡守さまは禁裏付に手出しをせぬ」

「でしょうなあ。どう考えても割り合わんし」

鷹矢と枡屋茂右衛門がうなずき合った。

「なぜでしょうか。京洛の責はすべて京都所司代さまに帰すのでは」

さすがに若年寄安藤対馬守の懐刀と言われる留守居役《るすいやく》布施孫左衛門《まござえもん》の娘である。弓江は京都所司代のことを理解していた。

「布施どのは、拙者が老中松平越中守さまの手の者だと知っておろう」

「……はい」

気まずそうに弓江が認めた。弓江はその松平定信が鷹矢の首に付ける縄代わりとして、安藤対馬守の命で京へやられている。

「当然、拙者を捕まえれば、松平越中守さまの手をもぐことになる。政敵の足を引っ張れると思えようが、それは松平越中守さまが拙者をかばおうとなさった場合だけだ」

「それはっ……」

弓江が気づいた。

「そう、越中守さまは拙者がどうなろうとも、救ってはくださらぬ。あの御方は、幕府をよくすること、百年先も幕府があり続けることしかお考えではない。そのために旗本一人を切り捨てるなど当たり前なのだ」

「お偉い御方っちゅうのは、どこでも同じですわ。役に立つ間は道具でも大事にしてくれはりますが、遣えなくなったら途端に捨てる」

鷹矢の意見を枡屋茂右衛門がかみ砕いた。

「つまり、拙者が禁裏付を罷免されようが、松平越中守さまにはなんの影響もない」

「それは通らないのではございませぬか。東城さまを禁裏付に抜擢なさったのは松平越中守さまでございましょう。任命の責任というのがございまする」

「禁裏付はもちろん、諸大夫以上の役目は、すべて上様のご命による。形だけとはいえの。つまり、拙者の任命責任をしつこく言い立てると、それは上様に届いてしまうのだ」

まだ懸念を払拭できない弓江に鷹矢が説明した。

たしかに、遠国勤務はお目見え以下あるいは与力や助役などを除いて、赴任前に将軍への目通りがある。もちろん、白書院や大広間で平伏したまま、将軍の顔を見ることもできず、老中が代読する任命書を聞くだけであるが、一応、将軍の信任という形になった。

「将軍家に苦情を申し立てることはできぬ」

「…………」

ようやく弓江が黙った。

「拙者をどうこうしたところで、所司代の戸田因幡守の利はない。どころか松平越中守さまの恨みを買う。折角、京までやった手足をもがれたのだ。八つ当たりだとはいえ、戸田因幡守さまを放置はなさるまい」

「報復なさる」

「まちがいなく」

「それもえげつないことをしはりますで。権力を持ってる御方ちゅうのは、己の邪魔をされるのを嫌いはりますから」

確かめるように訊いた弓江に鷹矢と枡屋茂右衛門がうなずいた。

「よかった」

少し浮かし気味だった腰を弓江が落とした。

「問題は……」

「黒田伊勢守はんですな」

鷹矢と枡屋茂右衛門が苦い顔をした。

「相役でございましょう」

弓江が不思議そうな顔をした。

「たしかに拙者と黒田伊勢守どのは、同じ禁裏付だがな。向こうが先達になる」

鷹矢が告げた。

役人は皆同じ権力を持つが、そのなかにも序列があった。その序列は、まず出自の上下、家柄や家禄の優れているほうが格上になる。続いて役目に長く就いている者が偉かった。これを先達といい、新任を小僧のように取り扱うことが黙認されていた。

目付など監察という特殊な上下を認めない役柄は別として、定員が多い役目では先達の言うことは絶対とされていた。

「今度の宴席では、なんぞ芸を見せよ」

「茶を淹れよ。濃いめにの」

先達は新任を使用人のように酷使した。

「はっ」

「ただちに」

また、新任はその指図に従った。

なぜかと言えば、役目に就いたばかりでなにもわからないときに、手助けをしてもらわなければならないからであった。

「何役を命じる」

幕府がこう任じたとき、それは役目にふさわしいと認めたからであり、慣れてないのでとか、どうすればいいかわかりませんは通らなかった。

「精勤にあらず」

命じられたことができなければ、咎められる。役目を奪われるだけならまだしも、場合によっては石高を減らされたり、遠国へ末代まで赴任させられる場合もある。役目に精通している先達の機嫌を取るのは、旗本にとって身を守る術でもあった。

「禁裏付は、拙者と黒田伊勢守どのだけ、定員二名じゃ。二名で先達だから言うことを聞けは通しにくい」

「無茶は言えまへんわ。なんせ典膳正はんは老中首座さまの紐付きですよって。要らんことして、越中守さまに告げ口されたらえらい目に遭いますから」

枡屋茂右衛門が鷹矢の後を受けて語った。

「ならば、大事ないのでは……」

黒田伊勢守を敵に回しても問題ないのではと、弓江が顔をあげた。

「それがそうでもないのが、ややこしいところでな」

鷹矢が大きく息を吐いた。

「禁裏付は二人いる。なんのためだ」

「二人……」

弓江が思案に入った。

「別に役目なぞ、あってないようなものだ。諸事倹約のご時世に無駄だと言われてもしかたないのが禁裏付だ。さすがに朝廷への圧迫もあるゆえ廃止はできまいが、それでも二人は不要。だが、今もある。あの八代将軍吉宗さまでさえ、禁裏付はそのままで置かれた」

八代将軍徳川吉宗は、七代将軍家継の死に伴って紀州家から本家を継いだ。もともと紀州家でも跡を継げるような立場ではなかったが、兄たちの相次ぐ急死をもって藩主となった。

当時の紀州藩は表高と実高の差が悪い方にあり、長年に積もり積もった負債で藩政は二進《にっち》も三進《さっち》もいかない状態になっていた。それを吉宗は倹約を柱とした改革で建て直した。

その矜持を胸に将軍となった吉宗は幕府でも同じ倹約をおこなった。将軍の生活も一汁一菜、木綿を身につけるなどして経費を減らし、底の見えていた幕府の金蔵を満たした。

そこまで徹底した倹約をおこなった吉宗でも禁裏付には手を出さなかったのだ。

「なぜだか、わかるか」

「……いいえ」

弓江が首を左右に振った。

「枡屋どのはどうだ」

「おそらくは、見張り」

鷹矢から水を向けられた枡屋茂右衛門が口にした。

「見張り……禁裏の見張りに二人は要ると」

弓江が己なりに解釈した。

「いいや、互いに見張らせるために二人なのだ」

鷹矢が否定した。

「…………」

「わかりにくいか。禁裏付が一人だと朝廷に取りこまれてもわからないだろう」

沈黙した弓江に鷹矢が教えた。

「朝廷には大義名分がある。実際には形だけだが、征夷大将軍も朝廷の役職であり、主上の臣でしかない」

鷹矢が続けた。

「将軍はすべての武家を統《す》べる。その将軍を従えているのが朝廷なのだ。極論になるが、すべての武家は朝廷の指示を受けなければならなくなる。もちろん、武家のご恩とご奉公という観念があるゆえ、誰も朝廷の指図には従わない」

「はい」

武家の娘だけに弓江はそのあたりのことに馴染みが深い。

「ただし、それをひっくり返す方法が一つだけある」

「そのような方法がございますのでしょうか」

鷹矢の言葉に弓江が首をかしげた。

「ある。朝廷が徳川を朝敵としたときだ」

「朝敵……」

弓江が息を呑んだ。

朝敵はまさに国の敵との意味である。朝敵を討つには、なんの理由も要らなかった。

朝敵というそれが大義名分になるからであった。

そして朝敵に与《くみ》する者も、また朝敵となった。

当たり前だが、朝敵となった瞬間、征夷大将軍を含めたすべての地位、官職は剝奪《はくだつ》される。と同時に領地も取りあげられる。今、徳川家が全国を支配しているが、これはあくまでも朝廷から征夷大将軍として、大政委任をされているからであり、将軍でなくなった瞬間、すべての土地は朝廷へ返される。

「言うまでもないが、あくまでもそうなることがあるというだけで、今の朝廷が幕府を敵に回すはずはない。勝てないからな。たとえ、今、朝廷が徳川を朝敵にしたところで、誰も従わないだろう」

鷹矢が首を横に振った。

「ただし、今ならばという条件が付く。過去、鎌倉、足利、どちらも征夷大将軍となって幕府を開き、何代もの間天下を支配してきた。だが、ともに滅びた。いろいろと終末の条件は違うだろうが、永遠に保った幕府はない。徳川だけが別だとは言えまい」

「ですな。それに比して、朝廷は今まで続いてます」

鷹矢の話に枡屋茂右衛門も同じ意見だと述べた。

「もし、禁裏付が一人しかいなければ、朝廷に懐柔されて、朝敵指定の動きを江戸に報せないかも知れない。あるいは、己が朝敵になるのを避けるために、寝返るかも知れない。それを防ぐために禁裏付は二人いる。ようは、相互監視だな」

「禁裏付には禁裏付を監察する権もあると」

弓江が震えた。

「禁裏目付と呼ばれるのは、そこにもある。目付は目付をも監察するだろう」

目付は幕府の監察である。その数は十人、千石高で旗本の俊英が選ばれる。秋霜《しゅうそう》烈日《れつじつ》と呼ばれるほど厳しく、実父の罪を暴いて死罪に追いこんだ者までいると怖れられていた。

「黒田伊勢守どのが取りこまれたのは痛いな」

これまでのような自在の動きができなくなった。

鷹矢は何とも言えない顔で天井を見上げた。

三

相国寺に属している壮年の僧侶は、黒田伊勢守のもとを訪れなかった。

「若冲先生を怒らせた」

大坂や京の豪商ならば千両出しても欲しがるだろう掛け軸を三十幅も寄進してくれた枡屋茂右衛門を敵に回せば、相国寺での立場はなくなる。

「なにもなかった」

壮年の僧侶は呟いた。

「師僧」

夕刻の勤めの用意をしていた壮年の僧侶のもとへ、弟子が顔を出した。

「いかがいたしたのじゃ」

落ち着いた振りで壮年の僧侶が尋ねた。

「黒田伊勢守さまがお見えでございまする」

「なんだとっ」

弟子の報告に壮年の僧侶が驚愕した。

「お通ししても」

「ま、待て」

あわてて壮年の僧侶が止めた。

「どうして……」

「枡屋茂右衛門さまがお出でになられたはずだと」

独り言のように疑問を呈した壮年の僧侶に弟子が述べた。

「なぜ、それをご存じなのだ」

「お出でになったときは、禁裏付屋敷まで報せてくれるようにと頼まれておりましたので、わたくしが」

「そなたがっ」

飄々《ひょうひょう》と言う弟子に壮年の僧侶が絶句した。

「なにか不都合でもございましたでしょうか」

弟子が怪訝な顔をした。

「い、いや」

まさか弟子を怒るわけにもいかなかった。口止めを忘れた己が悪いのだ。壮年の僧侶が首を横に振った。

「お通ししても」

「しばし、待っていただけ。片付ける」

僧侶の部屋である。もともと片付けるほどのものなどない。せいぜい、経典《きょうてん》を置いて読むための書見台《しょけんだい》、硯箱《すずりばこ》、燭台《しょくだい》とわずかな着替えだけしか、部屋にはない。それでも壮年の僧侶は、落ち着くための暇《いとま》を欲した。

「では、少ししたらご案内いたしまする」

「ああ」

弟子の返事を壮年の僧侶は上の空で聞いた。

京都所司代は二条城のすぐ側にあった。

「お願いで通ります る」

その門を五条市場の世話役でもある大津屋と伊東屋が門番に許可を求めた。

「なにやつじゃ」

門番が手にしていた六尺棒を構えて、誰何《すいか》した。

「大津屋と伊東屋でございまする。ともに五条市場の世話役をいたしておりまする」

伊東屋が代表して答えた。

「五条市場……町屋のことなればここではない。町奉行所へ行け」

門番が妥当な指示を出した。

「それが、禁裏付さまがことでございまして……」

小声で大津屋が門番に告げた。

「禁裏付さまの……待て」

門番が二人を留めて、なかへ諾否を確かめに行った。

「……与力さまがお相手くださる。入って玄関前で控えておれ」

戻って来た門番が、二人の通行を認めた。

「ありがとうございまする」

「おおきに」

二人が言われたとおりに玄関脇まで進んだ。

「……そなたたちが五条市場の者か」

かなり待たされたところに、同心を引き連れた与力が現れた。

「へい。五条市場で青物を扱っておりまする大津屋で……」

「わたくしは……」

「要らぬ」

名乗ろうとした二人を与力が遮った。

「へっ……」

伊東屋が唖然とした。

「そなたたちの訴えは聞かぬ。帰れ」

「お、お待ち下さいませ。禁裏付さまのことでございますが……」

冷たくあしらう与力に大津屋が喰い下がった。

「そなたたちは五条市場の者だと申したな」

「はい」

「左様で」

与力の確認に二人がうなずいた。

「町民が禁裏付さまに口出しをすることは許されぬ。もし、禁裏付さまにかかわりがある者が市場での買いもので代金を支払わぬというならば、五条市場を管轄する町奉行所へ訴え出るのが筋である」

「そういった類のお話ではございません。ご存じではございませんか。禁裏付さまが無礼討ちをなされたという噂を」

「そなた見たのか」

「いえ」

問い詰められた大津屋が首を左右に振った。

「噂だけで禁裏付さまという御上の役人を讒《ざん》すると言うのだな」

「とんでもない」

「そのようなつもりは……」

与力に睨まれた二人が何度も何度も首を横に振った。

「これ以上言い募るならば、まず、そなたたちを捕縛し、身分違い、筋違いの訴えをおこなったことを詮議することになる。今ならば、見逃してくれる」

「わ、わかりましてございまする」

「ありがとうございまする」

与力の脅しに、大津屋と伊東屋が震えあがった。

大津屋と伊東屋を帰した与力が、戸田因幡守に報告していた。

「そうか、ご苦労であった」

戸田因幡守が与力をねぎらった。

「いえ」

与力がたいした手間ではなかったと手を振った。

「どう思う。禁裏付が無礼討ちをしたと思うか」

戸田因幡守が問うた。

「ありますまい。無礼討ちが通るなどとお考えの御方が、禁裏付になられるはずはございませぬ」

与力が否定した。

「であろう。そのていどの浅い男ならば、役人として出世などできぬ。いや、越中守が手駒に選ぶまい」

「……………」

老中首座を呼び捨てた戸田因幡守に与力は反応しなかった。

「実際はどうだ」

「あくまでも噂でございまするが、わたくしのもとに一つ話が聞こえて参っておりまして」

問われた与力が噂を強調した。

「申せ」

「京で名の知れた刺客業の砂屋楼右衛門と申す者が、禁裏付さまの死を請け負ったようでございます」

「砂屋楼右衛門……聞いたことのある名だな。それで」

戸田因幡守が先を促した。

「その砂屋一味が壊滅したらしいのでございまする」

「返り討ちにあったか」

「おそらく」

推測した戸田因幡守に与力が確定を避けた。

「調べられるか」

「町奉行所の管轄でございまする」

縄張り荒らしはできないと与力が断った。

「町奉行か。気に入らぬの……」

戸田因幡守が嫌そうに頬をゆがめた。

「無理はせずともよいが、……なにかわかったならば、報せよ。相応の対応はしてやる。下がれ」

褒美をぶら下げて戸田因幡守が与力を下がらせた。

「東町奉行の池田丹後守も松平越中守の手だ。あやつに問うのは京都所司代に調べる能力がないと教えるに等しい。西町奉行は先日代わったばかりでまだ慣れておらぬ」

戸田因幡守が腕組みをした。

「佐々木を切り捨てたのが響いておるな」

老中の一歩手前、京都所司代まで、きれい事だけでは出世できない。戸田因幡守も表に出せないまねをしてきていた。そのほとんどを用人の佐々木が担ってきた。いわば戸田因幡守の闇を引き受ける、まさに懐刀であった。

その佐々木を戸田因幡守は切り捨てた。鷹矢を亡き者にしようとして失敗、京都東町奉行所へ身柄を押さえられてしまったのだ。

「京都所司代戸田因幡守が用人である」

捕まった佐々木はこう主張した。町奉行所は武家に手出しはできないからだが、それを鵜呑《うの》みにするほど町奉行所は甘くない。

「このようなことを申しておりますが、まちがいございませぬか」

当然、戸田因幡守のもとに確認の使いが出る。

「まちがいなし。たしかに当家の家臣である」

こう答えれば、拘留されている佐々木は解放される。ただし、禁裏付を害そうとした一件に戸田因幡守がかかわっていると認めることになる。そうなれば、虎視眈々《こしたんたん》と戸田因幡守を京都所司代から引きずり下ろし、田沼意次の勢力を根絶やしにしようと狙っている松平定信が喜んで出てくる。

「上様より禁裏付の役目を与えられた東城典膳正を襲うなど、言語道断である。ただちに江戸へ出頭し、上屋敷にて慎《つっし》みおれ」

役目を解き、すべての権力を奪ってしまえば、後はどうとでもできる。戸田因幡守を切腹させ、藩を潰してもいい。

当たり前だが、そうなっては元も子もない。

「当家にかかわりなし」

戸田因幡守は問い合わせを否定した。

こうして佐々木は浪人として町奉行所に捕縛され、今も六角の獄舎で取り調べを受けている。見捨てられた佐々木が戸田因幡守を裏切らないのは、家族や親戚が藩に残されているからであり、己が黙っていれば家督も息子なりに継がせてもらえるかもしれないという希望が残されているからであった。

「誰ぞ、遣える者を国元から呼び寄せるか……」

戸田因幡守の領地は、京から近い摂津と河内である。それこそ、朝に呼び出しをかければ、夜には手元に来る。

「問題は……佐々木を見捨てたことだ。これで藩士どもが、余の闇を担う気になるか……」

何十年と役人を勤めあげてきただけに、戸田因幡守は愚かではなかった。藩を守るためにやったとはいえ、腹心を助けなかった。これが藩士たちにどういった影響をもたらすか、戸田因幡守は十分に理解していた。

「引き立ててやると言えば、軽輩なら従おうが……」

戸田因幡守が難しい顔をした。

泰平で武士の出世は戦場手柄ではなく、どれだけ役目で活躍できるか、あるいはどうやって藩主の寵愛を受けるかになった。

徳川幕府という秩序ができてしまった今、足軽から天下人に出世した豊臣秀吉のような夢は見られない。足軽の子供はどれだけ勉学ができようとも足軽、家老の息子はどれほどの馬鹿でも家老になれる。

決まってしまった身分制度を破るには、それだけの条件が要る。喰うや喰わずの境遇から抜け出せるとあれば、多少の危険を冒してでもという者はいた。

「しかし、余が国元へ行くわけには参らぬ」

京都所司代は一人役である。有名無実になっているとはいえ、京都所司代は西国大名の監察をしなければならない。一日や二日、京を離れたからといって、まずどうということもないが、それでも奨励はされない。

「かといって誰かを行かせるというわけにもいかぬ。信用できる者でなければならず、それでいながら他人を見抜く目を持っていなければならない」

新たな人材を求めるとなれば、その人物が実際に役に立つかどうかを判断できなければならない。さらに人選を担当する者が、戸田因幡守の求めるところをよく理解し、それに応じなければならなかった。

「連れてきている者のなかに、それだけの者は……」

家臣たちの顔を思い浮かべた戸田因幡守がため息を吐いた。

変わらない境遇というのは、それなりの身分の者にとって、ありがたい状態であった。手柄を立てて出世できるかも知れないが、討ち死にしかねない戦場より、無理しないでも食べていける現況は、安心できる。いや、下手に動いて傷つくよりは動かないほうがいい。

武家のほとんどはこの考えに染まっており、言われたことはするが一歩踏みこんだまねをしようとはしなくなっていた。

「こうなってようやく佐々木の値打ちがよくわかった」

戸田因幡守が悔やんだ。

四

桐屋利兵衛は九平次の報告を受けていた。

「そうかい。所司代では門前払いを喰らったか」

「申しわけございやせん」

「いいよ、いいよ。端から所司代が動くとは思うてへんからな」

いつもは厳しい桐屋利兵衛が九平次に気にしなくていいと言った。

「よろしいので」

九平次が驚いた。

「珍しいかい。わたしが怒らへんことが」

桐屋利兵衛が苦笑した。

「いえ、そういうわけでは……」

九平次が口ごもった。

「思うた通りだったからや」

「最初から戸田因幡守さまは動かないとお考え……」

「そうや。所司代の戸田因幡守は、ものがあるていど見えるよってな。腹心を切り捨てるだけの非情さも持ち合わせとる。政をするに十分な素質や」

珍しく桐屋利兵衛が他人を褒めた。

「はあ」

「しゃあけどな、老中は務まっても大坂で店を大きくはでけへんわ。ちいとばかり狭量に過ぎる」

唖然と聞いている九平次に桐屋利兵衛が口の端を吊り上げた。

「所司代さまが、器量不足だと」

「ああ。うちの店やと、せいぜい番頭がええところやな。出店を任せられる器やないわ」

戸田因幡守を桐屋利兵衛が手厳しく評価した。

「なにが足りないと」

「危ない橋を渡るだけの度胸や。たとえば、今回のことでも五条市場の者の話を聞くくらいはすべきやった」

問うた九平次に桐屋利兵衛が続けた。

「実際に動く動かないは別の話やで。禁裏付にちょっかいを出したら、そこから手厳しいしっぺ返しを喰らうかもしれへんけどな。話を聞いただけならば、咎めようもないやろう。京洛の平穏は京都所司代の仕事や」

「京都町奉行所では……」

「まだまだ足りないねえ。たしかに京洛の治安は京都町奉行所が見てる。ただし、京都町奉行所がすんのは、京洛における町人の取締り。わたしが言ったのは、平穏やで」

「治安と平穏……」

「違いがわからないかい」

怪訝な顔をした九平次に桐屋利兵衛があきれた。

「すいません」

九平次が頭を下げた。

「おまえも京の店を預かるんや、少しは頭を使い」

一度叱って、桐屋利兵衛が話を再開した。

「治安は、下手人や盗賊なんぞを捕まえることで維持できるもんや。そして平穏は、それよりも範囲が広い。平穏というのは当たり前のように見えて、簡単に崩れるもんなんやで。そう、たった一つの噂でも平穏は揺らぐ。なぜかわかるかい。平穏とは人の心のなかにあるさかいな。人が不安になっただけで、町にはなんの被害が出ていなくても平穏ではなくなる」

「不安になるだけで……では」

「そうや。噂でも平穏を維持するためには調べなあかん」

「つまりは大津屋たちの訴えを所司代さまは聞かなければならなかった」

「聞かなければならないではなく、聞くべきなんや。所司代が話を聞いたというだけで、大津屋たちは安堵したはずや。そして、安堵すると同時に他人に話す。今の所司代は民のことを気にしてくれているとな」

桐屋利兵衛が述べた。

「大津屋たちが話しますか」

「話すにきまってる。所司代を褒める形にはなっているやろうが、そのじつはおのれたちの手柄や。噂を所司代に届けたことで、なんらかの対応があった。その対応を引き出したのは、俺たちやと大津屋たちは胸を張るわ」

「なるほど」

「人の上に立つ器量のない小者はそういうもんや。己の手柄を吹聴すべきなんか、秘すべきなんかを的確に判断でけへん」

納得した九平次に桐屋利兵衛が吐き捨てた。

「では、所司代さまも」

「そうや。話をきっちり聞いてくれるいい大名だという評判を取り損ねた。いや、話を聞こうともしない融通の聞かない所司代で、頼りにならないという悪評を喰らったわけや」

「大津屋たちが、聞く耳を持っていなかったと文句を周囲に漏らすからでござんすね」

「ということやな。すでに五条市場では大津屋たちが所司代へ陳情に行ったということは知られてる。後日のために、所司代が聞く耳を持っていなかった、我らのせいやないという言いわけのためにさんざん話を尽くしたが駄目やったと、苦労話をあちこちでしてまわってるやろうよ。そのていどの輩だから、世話役として使っているんや。あまり賢いと、いつ寝首を掻かれるかわからへんやろう」

　ちらと桐屋利兵衛が九平次を見た。

「…………」

　九平次が唾を飲んだ。

「ふふふ、信じているともさ。京の店を任せるとしたのは、わたしや。信じてへん者に大事な京をあずけるはずないやろう」

「へ、へい。必死に頑張りやす」

　笑いながら言われた九平次が汗を流した。

「話を戻すで」

　桐屋利兵衛が九平次をからかうのを止めにすると告げた。

「せやから、わたしは所司代を買《こ》うてない。道具としてしか見てへんのや。近衛さまのような商いの相手とは違う」

「道具……」

京都所司代という幕府でも十指に入る実力者にだめ出しをする桐屋利兵衛に九平次が息を呑んだ。

「道具はねえ。こっちが使うてやらへんとなんの役にも立たへんねんで」

「では、今回のことも……」

九平次が息を呑んだ。

「崖っぷちに立たされてる所司代が、京に拡がる無能という噂に耐えられるかねえ。それも己が動かぬことこそ吉とした判断がまちがっていたと気づいたときにや」

「…………」

桐屋利兵衛の深慮に九平次が呆然とした。

「どっちに転ぶか。あわてて禁裏付に手出しをしようとするか、あるいは禁裏付が無礼討ちにした者は刺客だったと言いわけをするか」

真剣な口調で桐屋利兵衛が述べた。

刺客ならば討ち取られて当然であり、非難されるどころか褒められるのが武家のありようである。

「どちらが良い手なんで」

「両方とも悪手や」

尋ねた九平次に桐屋利兵衛が首を横に振った。

「禁裏付に手出しをすれば、先ほども言ったように鬼より怖い老中首座松平越中守さまを呼ぶことになる。そして砂屋楼右衛門たちを刺客だと言い出せば、そういった連中を知っていながら野放しにしていたと非難される」

「……打つ手なしでございますな」

九平次がため息を吐いた。

「一つだけあるんだよ」

「それはどのような」

興味深げに九平次が身を乗り出した。

「なにもしない」

「へっ」

聞いた九平次が間の抜けた声を出した。

「しっかり聞きなさい。おまえが求めたんだろう。いいかい、なにもしない。今の判断をそのまま貫けばいいのさ。禁裏付がなにをしたかは、所司代のあずかり知らぬところ。禁裏付を襲った連中が刺客かどうかなどわからない。刺客が京にいたと気づかなかったのかとの咎めはできないだろう。それを言い出せば、江戸はどうなんだとなる。京より深い闇を持つ江戸に刺客がいないはずもなし。それこそ知らないことを罪に問うなら、老中たちも同罪だ」

「まったく、仰せのとおりで」

九平次が感心した。

「なにも知らない。なにも聞いてはいない。こうすれば多少の嫌味は喰らうかもだが、誰も所司代を罰せられない。禁裏付が己のやったことを語るはずはないからね。つごうの悪いところの一つや二つはあるだろうし。そうなると証言する者はいなくなる。なにせ刺客は返り討ちに遭っているんだ」

「死人に口なし……」

「けっこうなことやね」

九平次の漏らした言葉に桐屋利兵衛が笑っていない目で、口調を戻した。

「…………」

「わかったならば、さっさと五条市場へ行き。大津屋たちの苦労をねぎらってやり」

「より、噂を大きくするためでございますね」

「そうや」

「へい」

肯定された九平次が駆け出していった。

「少し早かったか。出店をさせるにはちいと経験が足りんわ。腹芸ができない商店主なんぞ、いい食いものやからな。まあ、御所出入りをもろうたら、京の出店は飾りにするからなんとかなるか。命じたことくらいはでけるようだし」

冷たい目で九平次のいなくなったほうを見つめながら、桐屋利兵衛が呟いた。

「気づかへんのはよかった。あそこで砂屋楼右衛門の女、浪が生きていることを九平次が口にしたらちいとまずかったわ」

桐屋利兵衛が嘆息した。

「浪は返り討ちにしたとはいえ、禁裏付が人を斬ったところを見てるはずや。さらに砂屋楼右衛門が長年刺客業をやってきたすべても熟知しとる。あの女を手にできれば、禁裏付と所司代の両方の命運を握れる。そうなれば、御所出入りの看板くらいすぐや。どころか、禁裏御用も……砂屋は役に立たなかったけど、女は遣えるわ」

小さく桐屋利兵衛が含み笑いをした。

鷹矢の寝所を用意したところで、弓江と温子の用は終わる。

「お湯をいただいてしまいましょう。お先にどうぞ」

弓江が温子に先を譲った。

「湯が冷めてしまいますよって、一緒にすませましょ」

温子が弓江を誘った。

「……そうですね」

一瞬、温子の顔を見た弓江が同意した。

江戸は水の便が悪いため、風呂といえば蒸し風呂になる。沸騰した湯を湯屋の片隅に注ぎ、そこから出る湯気を籠もらせることで汗を掻き、汚れを浮かせる。

対して京は、琵琶湖という水源を持つだけでなく、地下水も豊富であり、蒸気ではなく温めた湯を溜めた、湯屋式であった。

「……まだ、少し痣《あざ》が残ってますなあ」

温子が弓江の両手首に残っている縛られた縄の跡を痛ましげに見つめた。

「いずれ消えます」

気にしていないと弓江が首を左右に振った。

「ふっきりはったんや」

「はい」

温子の言葉を弓江が肯定した。

「実家へ帰られまへんで。親御はんから言いつけられてはったんやろ。典膳正はんを籠絡せいと」

「なにを言われますやら」

言った温子に弓江が笑った。

「わたくしは、東城さまの許嫁としてこちらに来ました。東城さまに嫁ぐのは、親の言いつけに従うこと。親の指図どおりの結果を出して、実家から叱られるはずはございません」

弓江が言い返した。

「ほな、典膳正はんの奥方になるのは、あくまでも親御さんの言いつけに従うからやと言いなはるんや」

温子が小さく唇をゆがめた。

「……そういう温子さまはいかがなのでございます」

今度は弓江が問うた。

「言わんでもわかりますやろ。わたいにはもう帰る家はおまへん。父が阿呆なまねをしてくれたおかげで、南條家は取り潰しになるやろうし」

さすがに禁裏付の屋敷に暴れこんで騒いだとあれば、六位の蔵人といえども無事ではすまなかった。いや、南條蔵人だけでことを収めるために、朝廷は厳罰を下すだろうと思われた。

「家を潰す原因になった女を引き取る親戚もいてまへんしなあ。行き場所がおまへんねん。実家へ帰れるんなら、譲っておくれやすな」

温子が冗談めかして本音を口にした。

「無理でございます」

一言で弓江が拒絶した。

「女として、生きてはいられないほど恥ずかしい姿を見られてしまいました。東城さま以外のところに嫁げませぬ」

人質になっていたとき、汚物に塗《まみ》れた姿だけでなく、無理に動いたことで乱れた裾から臑が見えたり、襟元が緩んで胸元が露わになりかかっている。夫以外に肌を見せるなど許されない武家の女である。極論を言えば、弓江は鷹矢の手が付いたも同じであった。

「互いに……」

「引く気はないと」

二人が顔を見合わせた。

「それを踏まえたうえでの話ですねんけど」

湯船に入ることもなく、温子が弓江に話しかけた。

「典膳正はんの感触をどう見はります」

温子が鷹矢の反応を問うた。

「好意はいただいていると思いまする。温子さまもおわかりでしょう」

「うん。わたいは一回典膳正はんを裏切ったけど、なんとか取り戻せたわ」

弓江の答えに温子も同意した。

温子は首輪を持っていた松波雅楽頭の命で鷹矢を探っていたが、それが露見して放逐された。その直後、二条治孝の指図で鷹矢を京から離し、途中で襲撃するという策を温子が霜月織部に報せ、その結果鷹矢たちは命を長らえた。結果、温子は庇護を受けていた二条家を逃げ出す羽目になり、鷹矢のもとへと舞い戻った。

「立ち位置は一緒」

「想いも同じ」

二人が見つめ合った。

「抜け駆け禁止でよろしいな」

「わたくしは武家の娘。夜這うなどいたしませぬ」

釘を刺した温子に弓江が首肯した。

「選ばはるのは、典膳正はん」

「……ですね」

二人がなんとも柔らかい表情になった。

「おおっ、寒ぶっ」

「冷えは女の大敵です。湯船に入りましょう」

微笑んだ二人が身体を湯のなかへと沈めた。


相国寺の僧侶から話を訊きだした黒田伊勢守は、禁裏付役屋敷に戻って苦い顔をしていた。

「たかが町人と侮っていたわ」

黒田伊勢守は枡屋茂右衛門の影響力を甘く見ていたことを後悔していた。

「あの坊主め、いくらでもごまかしようはあったろうに……吾が名を枡屋に話すとは、なんとも情けない」

己が指図を出したと枡屋茂右衛門が知ったことは、黒田伊勢守にとって大きな失敗であった。

「典膳正にも伝わっただろう」

相国寺を出た足で枡屋茂右衛門が鷹矢を訪れて、事情を報せたことは想像に難くなかった。

「互いに相手を監察するのが禁裏付だ。余が典膳正を調べても文句は出ない。さすがに事情を訊かせろと言っても相手にはされないだろうが……」

そもそも旗本を詰問するには、よほど確かな証拠が要った。それこそ、本人の証言は形だけで、すでに罪は決まっている状況でなければ尋問などされなかった。

「ほう、拙者にそのような疑いがかかっていると」

事情を問うとなれば、あるていどの経緯を話さないといけない。

「あり得ぬ」

拘束できるところまで証拠が集まっていなければ、否定されたらそれまでである。

当然、否定して帰った後、証拠隠滅に動く。

それだけならまだ博打に出る価値はあった。

なにせ同役は、出世競争をする相手なのだ。禁裏付を十年務めた後、京都町奉行で残るか、他の遠国勤務に回されるか、小姓番組頭、書院番組頭などで江戸に帰れるか。京都町奉行は千石の禁裏付より役高の多い一千五百石、小姓番組頭と書院番組頭は同じ千石と、京都町奉行のほうが上に見えるが、実態は違う。幕府旗本は将軍の側近くに仕えることが名誉であり、出世なのだ。

「典膳正がよく務めておるようで」

こういった評判が出れば、先に十年の勤務を終えても、小姓番組頭や書院番組頭へ黒田伊勢守が推挙されることはなくなる。

「同役の伊勢守は、典膳正に劣るようである」

二人きりの役目だけに、どちらかが浮けば、どちらかが沈む。

博打に出るのも無理はないが、今回はまずかった。

「典膳正に敵対したとばれるのが早すぎる」

黒田伊勢守が臍《ほぞ》を噛んだ。

己の地位を脅かす者を排除するのは役人の性である。他人を蹴落として役人は出世の階段を上ってきている。鷹矢も同じであった。

「反撃を喰らう前に攻勢に出るしかない」

攻撃は最大の防御というのは、古今の真理であった。

「公家たちと組むか。大御所称号を朝廷へ無理強いしているのは、松平越中守さまの配下典膳正だ。それを阻止する手伝いをすると申し出れば、無下にはされまい。広橋中納言さまという伝手もある」

黒田伊勢守が決断した。

この作品は徳間文庫のために書下されました。

徳間文庫

禁裏付雅帳八

混《こん》沌《とん》

2019年4月15日 初刷

著者 上《うえ》田《だ》秀《ひで》人《と》

発行者 平野健一

発行所 東京都品川区上大崎三—一—一 〒141—8202
目黒セントラルスクエア
株式会社 徳間書店

電話 編集〇三(五四〇三)四三四九
販売〇四九(二九三)五五二一

振替 〇〇一四〇—〇—四四三九二

印刷
製本 大日本印刷株式会社

ISBN978-4-19-894456-8 (乱丁、落丁本はお取りかえいたします)